機械式時計王子の休日

千駄木お忍びライフ

柊サナカ

ハルキ文庫

角川春樹事務所

目次

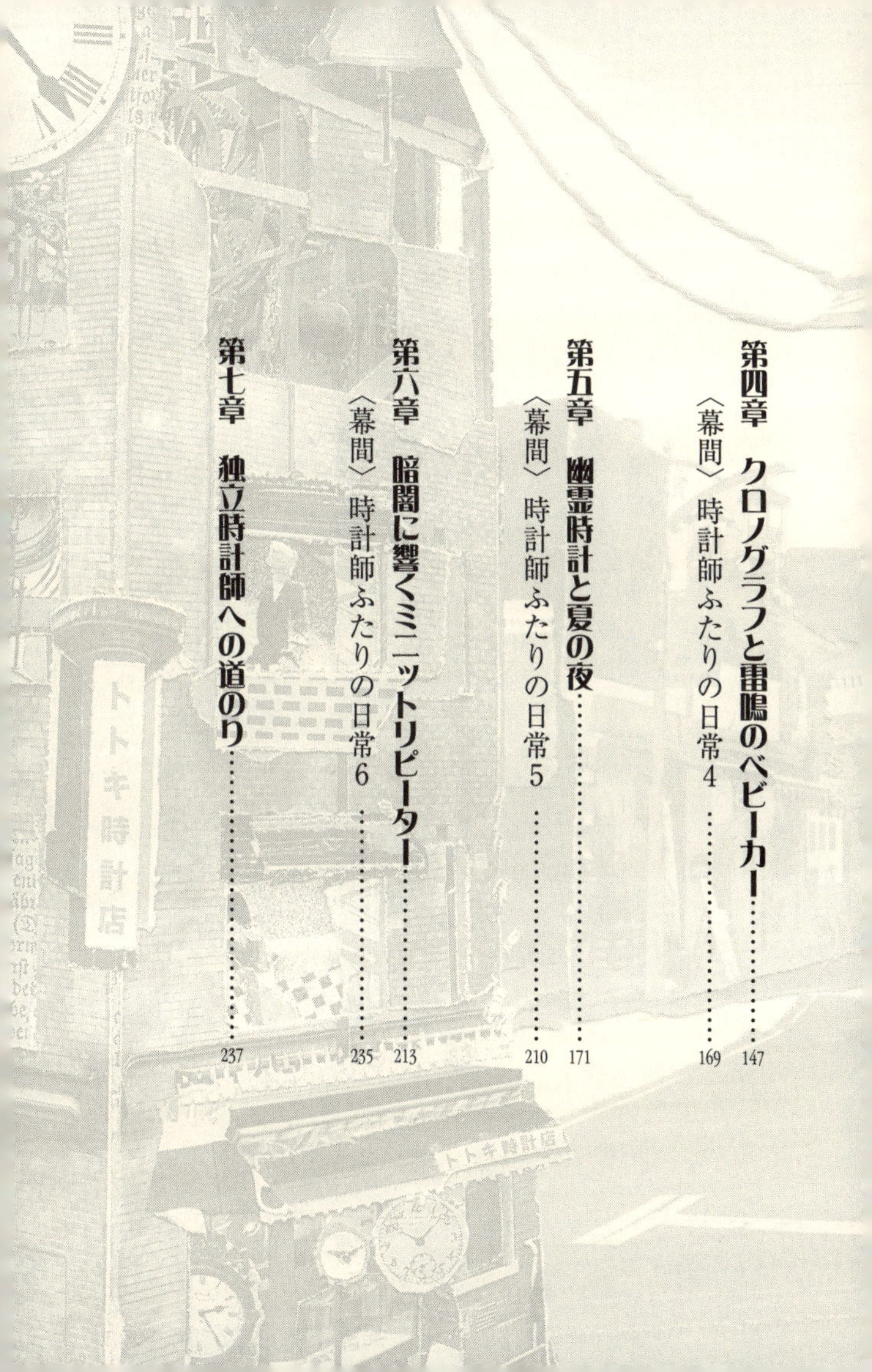
トトキ時計店
トトキ時計店

機械式時計王子の休日

千駄木お忍びライフ

第一章　塔の上の大時計

今日、こそは、許さない。

十刻藤子《ときとうこ》は、顔も洗わぬまま右手でパーカーを、左手で鍵《かぎ》をひっつかむ。パーカーを羽織って、つっかけにつま先をねじこんだ。

今日こそ、絶対に絶対に、犯人をとっつかまえてやる。二段とばしでらせん階段を駆け下りる。

目指すはゴミ置き場の不届き者だ。ここ数日、どこの馬鹿がこんなゴミを捨てるのだろうと思っていた。どうやらそのゴミの主は、先週、我がトトキビルヂングの上階に越してきた住人らしい。この前のゴミの日もそうだった。「このゴミは分別がなされていません」の黄色い札が張られたまま、ぽつねんとゴミが残されている。いつまでたってもそのままだ。一階で店番をしていると、その残されたゴミ袋がずっと視界に入るのだ。

ゴミを持ち上げて、地面に置いたらカラン、と乾いた音が鳴った。

呪《のろ》われよ分別せぬ者。カンと！　ビンと！　ペットボトルと！　燃えるゴミを！　一緒にするとは何事か。

道に残されたゴミ袋は、そのまま放《ほう》っておくと、たぶんずっとそのままだ。ゴミの袋がひとつ増え二つ増え……視界の隅で次第にピラミッドになり……

藤子はありったけの呪いを込めて、そのゴミ袋を分別し直したのだった。

生意気にワインとチーズだなんて、おしゃれなものを食いやがってこんちくしょう！

嫌々そのゴミを、カンだのビンだのに分けると、自室のゴミ箱へ持って帰ったのが、一昨日《おととい》のこと。

そのときから、絶対に犯人を、現行犯で捕まえてやると決心したのだった。起き抜けに二階の自室の窓辺でゴミ置き場を見下ろす。今日もゴミの日、果たして奴《やつ》は現れるだろうか、と思ったら案の定。

犯人はゴミを置いて、悠々と通りを歩いて行く。ゴミの袋からカンがしっかり透けている。しらばっくれても許さない。

らせん階段を一階まで駆け下りて、勢いで斜めに傾きながら犯人の後ろ姿を捕捉《ほそく》。朝のよみせ通りにつっかけの音が響き渡る。

逃がすか。

その後ろ姿めがけて走りながら、犯人を観察する。どんどんスピードに乗る。

背はそんなに高くない。

逆上されても返り討ちにしてやる。いざとなればご近所中に助けを呼べばいい。

不良かビジュアル系バンドマンかなんだか知らないが、栗《くり》色のような金色のような長髪にパーマ、絶対にろくな勤め人じゃないだろうことはわかる。なんだってうちの母はこんな輩《やから》の入居を決めたのだろう。

「ちょっと！　すみません」

反応が無い。どうやら音楽か何かを聞いているらしい。息を整える。

「あの！　さっきそこでゴミを捨てましたよね」

思いっきり無視だ。

頭の中がカアッとなった。

「ちょっと待ってよ！」

言いながら手首を摑《つか》んだ。

驚いてその男が振り向く。

目が合った。

目が合って——あれ？　と思った。

ほら、名画。ルーベンスだっけ、ベラスケスだっけ。そのへんの名画には、ふくふくしい天使が画面をとかく舞いがちだ。その天使を家に連れ帰る。良い食べ物でしっかり慈しみ育てる。少年から青年に変わるか変わらないかくらいの、ぎりぎりの境目くらいになったら、おもむろに白シャツなど着せてみる。そんな天使にちょっとだけ、醬油《しょうゆ》。隠し味としての醬油を垂らしてみる。

そんな顔だ。

まあ平たく言うと美少年。それも、生まれてこのかた二十四年、いまだかつて出会ったことのないような、すさまじい整い方をしている少年が、こちらを驚いたように見つめている。長い睫毛《まつげ》に縁取《ふちど》られた目が澄んだ茶色をしており、西洋は西洋なのだけれども、どこかなじみのあるようなないような……

お互いに驚いたように見つめ合ったまま、どのくらいそうしていたかはわからない。

少年が何か言おうとして。

いきなり横から、パアン、という感じで腕を弾《はじ》かれた。

少年と藤子の間に、長身の男がひとり割って入る。真正面から見下ろして睨《にら》みつける目は、どう見ても殺気立っており、そのまま少年を背中に隠すようにかばった。少年が耳からイヤホンを外すのが見える。何か短くささやき合っているのは日本語ではない。

そのまま、男は身をかがめて少年の右手をとり、腕が大丈夫か、指の関節が大丈夫か、指先に異常がないか、ひとつひとつ丹念に触れながら何か言い、見つめている。節のあってごつごつしている、いかにも男っぽい手の間に、美少年の白くて長い指が包み込まれている。

外国語はぜんぜんわからないが、英語ではないことだけはわかった。（変なところを触られなかったか）（怪我《けが》はないか）（どこを触られたか）みたいなニュアンスはよくわかる。

大丈夫だとわかったあたりで、心から安心したように、男がほうっと息をついた。この短髪の男の方は色が浅黒く筋肉質で、東洋人のようだけれど、背格好も立ち居振る舞いも日本人っぽくはない。長身の男が美少年に跪《ひざまず》く様子の向こうに、ちょうど植え込みの白バラが満開になっていて、何というか、やっぱり名画っぽい。

いやいや、でも外国人だろうが何人だろうが、見た目が白バラを背景にした名画だろうが、ここでは守らなければならないルールがある。ゴミって英語で何だったっけ。

「えーと。ガーベッジ……ガーベッジ……」

その次が出てこない。昔から英語は苦手だった。「ゴミを分別」って、なんて言うんだろう。

「ガーベッジ――」「日本語で結構」

長身の男の口から出てきたのは、紛れもない日本語。

「なんだ。日本語わかるんじゃないですか。あのですね。ゴミをですね、分ける。分別。わかります？　今日は燃えるゴミの日です。だから、カンはだめ。ビンもだめ。カンとビンとペットボトルは、水曜――」

目の前に、何かがかざされる。

見れば千円札だ。

「リサイクルボックスが見当たらなかったので、わからなかったようだ。すまない。では、これで分別を」

やれと。わたしに千円でゴミの分別をやれと。藤子はまた頭に血を上らせる。男はまだ足りないか、という顔をして、千円札を三枚に増やしたが、藤子はその千円札を手で押しやった。

「自分でやって！　分別は、大家じゃなくて、自分でやるの！　今日は、燃えるゴミの日！　ビンは明日！　いま分ける！　今っ！」

藤子は腰に手を当てて男を睨み上げた。少年が、ゴミ袋におずおずと手を伸ばそうとするのを、男の方が何か言って制止する。男は、何かをつぶやきながらしゃがみ、ゴミ袋の中から、カンとビンとペットボトルを出して並べた。

藤子は男の広い背中を見下ろしながら、口を開いた。

「わたしはこの、トトキビルヂングと、トトキ時計店の管理人代理、十刻藤子です。今後、ゴミはしっかり分別するようにお願いします。ゴミによって日が違うから。明日はカンとビンとペットボトルです。くれぐれも、夜、出さないように」

美少年は、神妙な顔をしてじっとこちらを見ている。一応の反省の姿勢は見られるので、良しとした。

「ところで。うちのビルに越してきた人たちですよね」

男が、ゴミ袋の口をきつく縛り直しながら「ええ。先週から」と、だるそうに言って立ち上がる。

「あっ、ペットボトルは、そのフィルムを剝《は》がしてください。剝がしたら、燃えるもの。キャップも燃えるもの。今日でいいです」

男が腰に両手を当て、ふーっと、心の底から嫌そうな長いため息をついた。その男の後ろから、ちょっと半身を出すようにして、少年が顔を出す。

「ぼくの名前は、ジャン、と申します」

ちょっとはにかみながら言う。なんだか教科書の例文のようだ。ジャンが、「アキ」と言って男の袖《そで》を摑み、促している。

「黒崎《くろさき》・アメーデオ・明生《あきお》です。黒崎明生。ジャンの……兄にあたります」

なんで兄弟の上がアキオで、下がジャンなのか。

「兄弟？」

「そうです、いろいろあるんですす察してくださいますように」

アキオはペットボトルのフィルムを剝がすと、手をはたいた。

アキオに上から下まで見下ろされて、また視線が上に戻ってくる。そのまま口元を指さした。

「何ですか」

「えーと。日本語で何だっけ。そうだ……よだれ？」

慌てて口元をこすった。

「日本語。うまいですね」

アキオは「どうも」と、一ミリも「どうも」と思っていない顔で言った。

「で、どちらの国から来たんですか」

どう見ても雰囲気が日本人らしくないふたりなので、気になったことを聞いてみる。アキオはちょっと考えたようだった。

「ええと。たしか貴女《あなた》は時計店の方ですよね。時計店の、娘さん」

「まあ。そうですが……」

アキオが、顎をちょっと上げて見下ろす。「私たちは、〝Vallée de joux《ヴァレ・ドゥ・ジュー》〟から」

どうだ。と言わんばかりだ。

はあ……、としか言えない。

咳払《せきばら》いして、アキオが続ける。

「だから、バレー・ド・ジュー。ジュー渓谷《けいこく》から」

カタカナ発音に直した。ふうん、という顔でいると、「もしかして、知らない？」と言われる。

そんなジュー何とかという国は知らない。ヨーロッパは広い。

「時計屋の娘のくせに知らないんですか」

「別に。わたしはただの店番だし」

アキオは冷ややかな笑みを浮かべると、「なるほどそうですか。では、わたくしはゴミを。失礼」と、ペットボトルとカンとビンいくつかを両手に持った。家にちゃんと持ち帰るらしい。

その後ろにジャンが、とことこついて行きながら、こちらを振り返る。

「名前は。トーコ、さん？」

さんの発音がまだぎこちない。まあ英会話なら、「トーコ」とか普通に言うだろうしな、と藤子は思う。

「トーコでもいい。トーコだけ。トーコ」

そう言うと、ジャンは、はにかみながら笑った。角度によっては、まだまだ幼い雰囲気が残っていて愛らしく見える。

はやく行くぞ、何やってんだ、みたいな感じで、少し先でアキオが急《せ》かしている。

「トーコ」

「はい何ですか」

これも国際親善か……藤子はうなずいて、ジャンの言葉の続きを待った。

「またね」

アニメか何かで覚えたらしい。

その光り輝くような美少年は、にっこり笑って早足で去る。

トトキ時計店、もうすぐ開店。

藤子は表から、腰に手を当てて、店をなんとなく眺める。正面の大きなガラス扉に、自分の姿が写っている。目が悪くなったのでカラーコンタクトはもうやめた。やる気も出ないので、つけまつげもつけていないし、メイク自体あまりしていない。

開店とはいえ、お客はほとんどやってこない。藤子が店番をするようになってから二ヶ月ほどが経《た》つが、びっくりするほどやってこない。

そんなもの、平日なんてとくに、適当に午後から、たとえば午後二時から店を開けても良いじゃないか。誰《だれ》も来ないから、勝手にさぼって休みにしてもいいのではないかと思うのだけれど、一応母の言いつけで、月曜日を除く毎日、十時から午後六時までは必ず店を開けている。

トトキ時計店はレトロ感あふれるビル……いや、寂《さび》れきったおんぼろビル、トトキビルヂングの一階にある。トトキビルヂングなんて、名前こそたいそうだけれど、なんてことはなく、ひょろっとした細い鉛筆みたいなビルだ。四代前の、やり手のひいじいさんが思い立って、貿易会社から買い取り改装したのだという。

トトキビルヂング自体は、人通りの多い谷中《やなか》銀座の終点から、右に折れてよみせ通りをしばらく行ったところ、すずらん通りの一番端《はし》にある。位置だけ見れば、ちょうどよみせ通りにも面しているという好立地にもかかわらず、古びたディスプレイのせいなのか、薄暗い店内のせいなのか、脚を止めて見る客はいない。昭和って感じー、なんて言いながらミラーレスカメラ片手に歩いているサブカルお姉さんには素通りされ、かといって現代風でもないという、実に中途半端な立ち位置の店なのだった。

一階は店、二階は大家代理の藤子がひとりで住んでいる。三階も同じ作りで賃貸。中にある階段が、らせん階段で無駄にスペースを取っている上、ビルの右半分は物置などで、住居部分にはなっていない。窓も小さく、日当たりもいまいちで二階も三階も狭い。物干しスペースもない。どう頑張っても単身向けだ。家族四人で暮らしていた頃《ころ》も、狭すぎて住めず、二階と三階は賃貸に出していた。設備も古く、謎《なぞ》の間取りで住むのには不便だし、内装だってぼろぼろなので、最近は誰も入居していなかった。あんまり家賃を安くすると、治安面で心配なのもあって、相場より少し高めに設定していたこともあるのだけれど。

良い点があるとすれば、石造りの古ビルということもあって、ひどく静かだということだけだ。ただ、冬は死ぬほど寒い。

そして一番上には――トトキ時計店を象徴するような、大時計のついた塔がある。でもその大時計だって、もうずっと動いていない。ただの看板だ。十時十分で固定していた針も外れて、今や七時二十三分みたいに半端な時間で、長針も短針もずり下がっている。ちょうどその格好が困った人の顔みたいに見える。情けない顔で立ち尽くしている人の顔。

店内は、母の置いていた、よくわからないセンスのおみやげ物っぽいアクセサリーや、目覚まし時計に掛け時計、腕時計がずらりと。でもそんな高価なものもないし、発注やディスプレイは母に任せきりだ。ただ椅子《いす》に座って、漫画を読んだりスマホを見たり、ぼんやりと午後六時を待つ毎日。たまに、電池交換なんかを頼まれることもある。「いつできるの」と聞かれ、「十日後」と言うと、呆《あき》れたように「え。ここで今すぐできないの」と言われる。「外注に出してますんで」と言うと、もういい、などと言って、お客さんも、どこかへ行ってしまったりする。

別にどうでもいい。わたしはただの店番だから。

「もういい」とお客に言われても全く何も感じない、わたしの本当にやりたいことは時計屋じゃないから。

すべては、ひとつ下の妹、桜子《さくらこ》のところに生まれたのが三つ子だということから始まった。ひとりでも大変なのにそれが同時に三人なんて、とてもじゃないが相当きつい。夜泣きだって三重奏だ。悪いことに旦那《だんな》も九州に単身赴任。この店を切り盛りしていた母が、桜子の家のすぐ近くに移り住み、いつでも家事と育児の応援に駆けつけることとなった。そこで関西から、ここ千駄木《せんだぎ》まで呼び戻されたのが、長女である藤子なのだった。

「あんた時計店の店番やってよ」「いやだ。バイトでも雇ったらいいじゃない」「そんな人を入れるような余裕ないわよ」「いっそのことビルごと売ったらいいんじゃないの」「十刻家、先祖代々のビルだよ、あんたの代で絶やしてもいいわけ」「いいよー」

電話口で、カンカンになって叱《しか》られた。

時計店になんて戻る気はさらさらなかった。十八の頃から家を飛び出して、ひとりで旅館の住み込みのバイトをした。お金を貯《た》めて、居酒屋のバイトに移った。やどかりが家を変えるみたいに、少しずつ住みかを変えていったのだ。

父も時計も、何もかもが大嫌いだった。

でもその父ももういない。死んだ。

居酒屋のバイトで、今年から入ってきた新任の店長と、そりが合わなくて悩んでいたところだった。居酒屋も辞めたら、次は何で食いつなごうかとは思っていた。とりあえず住むところの家賃もいらないとなると、まあ、そう悪い話でもない。

「引っ越し代も持つから。アルバイト代も出すし。頼むわ藤子」

父が死んでからの年数を数えてみる。もう五年も経つことに気がついて、藤子はざわざわする気持ちを無理矢理落ち着ける。五年の月日の間に、いつしか父の記憶は靄《もや》の向こうの風景みたいに、遠くかすんでいた。大丈夫、もう何も思い出せないし、思い出さない。

子守りに全力を尽くす母は、藤子に店番を任せて時計店にはほとんど戻らず、赤ちゃん三人のお世話と母親のサポート、家事などにかかりっきりになっている。たぶん数年はこんな感じでお手伝いだろう。

それまで。

それまでっていつまでだ。藤子は思う。きっといま自分は、この時計塔の大時計みたいに、困った顔をしているのだろう。

とりあえず。トトキ時計店、開店だ。藤子は店のシャッターを一気に開けた。

藤子はレジ前の椅子に座ったまま、壁の時計の針を眺める。ずらっと並んだ掛け時計は同じ時間を指しているけれど、さっきからぜんぜん動いていないのではないかと思うほどに針が動かない。レジの前のショーケースの時計は、ディスプレイ用に十時十分で止めてある。もうめぼしい漫画は読み尽くしてしまって、テレビも面白そうな番組はやっていない。SNSも巡回おわり。そうなるとやることもなく、時計に囲まれたここでじっと座っているほかはない。どこを向いても時計だ。一日が、とにかく長い。

ショーケースも拭《ふ》いた。窓も一応拭いてある。窓越しにクリーニング屋さんが見える。忙しくアイロンをかけている様子。藤子が、二ヶ月前まで働いていた大阪の居酒屋は、繁華街のど真ん中にあり、毎晩激務だっただけに、六時間なんて一瞬だった。

ちょっと体操したりして時計を見ても、さっきと同じ時を指している。

暇すぎ。

そう思っていると、表から誰かが入ってきた。

「いらっしゃいませ」と言いかけてやめる。入ってきたのはジャンとアキオ兄弟だったからだ。アキオが大きいため、並んだジャンが小さく見える。

アキオはちらりと店の中を見回して、ふうん、という顔をした。

ジャンが、「トーコ。これはソバです」と何かを渡してくる。

見ればお蕎麦《そば》だ。

「ありがとう」

よくよく考えてみると、これは引っ越し蕎麦らしい。今どき引っ越し蕎麦そのものも珍しいとは思うのだけれど。

ふたりで住むには部屋も狭いし、風呂《ふろ》とかの設備も古いだろうに、どうしてわざわざ、ここへ越そうかと思ったのか気が知れない。同じ値段ならば、もっと広い部屋もあるだろうに。

ぽつぽつ聞いてみると、アキオの方はスイス生まれで、三歳から十四歳までを日本で暮らし、今二十八歳。ジャンの方はと言うと十七歳になったばかりで、お母さんの母親、つまりおばあちゃんが日本人なのだそうだ。お母さんは出産のときの事故がもとで亡くなってしまったのだという。いったい、ふたりは何語で話しているのか聞いてみたら、生まれはフランス語圏だけれど、ドイツ語もまったく不自由なく話せるのだとか。場面で使い分けているという。ちなみに英語も話せるらしい。

母親のルーツでもある日本にずっと興味があり、専門学校を休学して、こちらに来ているという話だった。未成年だということで、兄も一緒に日本へ。

それにしても、こうやって並べてみるとアキオとジャンは全く似ていない。髪はアキオが黒なら、ジャンは金に近い茶色。瞳《ひとみ》も、アキオが漆黒《しっこく》で、ジャンは薄茶色。肌は、日焼けしたみたいに濃い色と、日光にほとんど当たったことのないような薄い色。背も高いのと低いのと。胸板が厚い筋肉質と、すらっとした痩《や》せ。いかにも肉を食べそうなのと、レタスとか食べてそうなのと。なにもかもが対照的だ。外見は似てはいないが、それでいて、どこかしら雰囲気は似ている、不思議な兄弟だった。

たぶん、外国では養子とか、そういうものも普通にありそうなので、立ち入ったことは聞かずにおいた。

「期間はどのくらい」

「半年」

専門学校を休むにしても、半年となると長い休みだと思った。

「で。表の時計なんですが、あれはいつ直すんだとジャンが気にしています」

表の時計、と言われてもピンとこなかった。それくらい存在を忘れていたのだ。表の大時計。あれが時計として作動していたのは藤子のほんの子供の頃、ということはもう二十年近く、止まったままなのだ。

「時計屋のくせに、看板の時計が壊れていても気にしないとは、ずいぶんと変わった価値観ですね」

このふたりが対照的なのはまだ他にもあった。こいつは嫌みが好き、もう片方はとりあえず素直そうに見える。

「別に。あれはただの看板みたいなものなので。動いてても動かなくてもどうでもいいですよー」

「看板なら看板らしく、針の位置くらいは整えた方がよろしいかと」

言い方すらも嫌みったらしい。口調が丁寧だから余計に。

「いいです。よくわからないし。それにあんな時計なんて、いまさら見てる人なんて誰もいないでしょ」

ふと見れば、ふたりとも手首に、ちょっと高そうな時計をしている。知っているブランドの名前ではないけれど、文字盤が黒いのはアキオで、青の方はジャン。厚みのある時計で、それぞれの肌の色によく合っていた。アキオは頬杖《ほおづえ》をつくみたいにして、こちらに文字盤を見せている。

おっ、ようやく気がついたか、みたいな顔でアキオがちらちら見てくる。

「で、さっきのソバのことなんですけど――」

「ソバの話？」

アキオはなんだか驚いているが、ソバの話をして何が悪い。

「さっきから思ってたんですが、時計は？」

「時計？」周りをぐるっと見回した。「時計ならこの部屋にいろいろあるでしょ」

「そうじゃなくて、腕時計。自分の」

何のことを言っているのだろう。

「持ってないですけど」

「えっ、一本も？」

「そうですけど。何か」

ジャンとアキオは心底、驚いたようだった。

「だって、時計なんてどこにでもあるし、スマホでも時間わかるし。なんだったらテレビにでも出てるでしょ。はっきり言って時計なんて今どき、いちいち持つ必要なんてないじゃないですか。腕時計なんて要らない要らない。だからこのお店もぜんぜんお客さん来ないでしょ」

ジャンが大きな目を見開いている。

「ちょっと待て」驚きすぎたのか、アキオの口調がぞんざいだ。「だって藤子さんは時計屋の娘でしょうが。いずれは店を継ぐ立場ですね。違いますか」

「継いだら、店潰《つぶ》して改装して喫茶店にでもしようかな。レトロビルの喫茶店なんかいいよな。居酒屋もいいしカラオケ屋もいいし」

その外国語訳を聞いたらしく、ジャンが首を横に振った。

「この店には、すばらしい時計があります」

この子は何を言っているのだろうと思う。ジャンが窓辺を指さす。そんなところに何があったっけ、と思っていたら、母の書いた、時計大安売りの札を立てかけて、支えにしたアレがある。

埃《ほこり》をかぶっている、巨大な金属のサイコロみたいなそれは、もう永遠に動くことはない。父の遺作となってしまったその未完の時計は、ソフトボールよりは大きく、バレーボールよりは小さいくらいで大きさも微妙、ゴミに出すのもおっくうで、そのままにしてある。捨てるのさえエネルギーを使う。そんなエネルギーを使うのすら惜しいくらい、父のためには何ひとつやりたくなかったし、触れたくもなかった。

「あの時計の由来と作者について、ジャンが知りたいのだそうです」

「父が作りました。あとは知らない。母に聞いてください。母はなかなかこちらには戻りませんが、来たら伝えます」

その口調から、それについては触れてはいけないようなのは、日本語がまだおぼつかないジャンにもわかったようだ。

ジャンが、真剣な目をしている。

「捨てますか……」

「うん、まあ。そのうち」

「Nein!」

ナイン！と聞こえた。口調から、NO、なのかな、と勝手に思う。

「欲しいならあげてもいいし、なんなら今、持って行ってもいいよ」

アキオがため息をつく。

「わかりました。しかし、あの時計をいますぐ処分するというわけではありませんよね」

「まあ。重いし」

ジャンが、じっとこちらを見ている。

「トーコ。時計は、好きですか」

嫌いだ。と一息に片付けてしまうには、ジャンの目は澄みすぎているような気がした。

「まあ。とくには」

「トーコが時計を好きになる。僕は、うれしい」

ジャンはまっすぐな目をして、そう言った。

それからというもの、アキオとジャンは観光にでも行っているのか、日中はどこかへまめに出かけていき、行きと帰りには必ず店に立ち寄って、あれこれ話してから外出したり、自室へ戻るようになった。先日までのゴミ騒動は、朝に弱いアキオがゴミ出しをつい忘れ、ジャンが気を利かせて捨ててこようと、自分で勝手にまとめたために、ああなったのだと知った。あれからはゴミの分別もしっかりしており、困ることはなくなった。

休みの月曜日、とくにやることもなく部屋でごろごろしていたら、こんこん、と表のドアが鳴る。見れば、アキオとジャンのふたり組がいる。

何だろう、と思うと、「地元の人間が思う、美味《おい》しい店に行ってみたいのだそうだ。どこがいいか教えて欲しい」と言う。

いくつか評判のいい店の候補をあげると、「もしも連れて行ってくれるなら、ガイドのお礼としてこちらで食事代は持とう」と言うので、喜んで案内することにした。とりあえず、よみせ通りを案内がてら、ぶらぶら歩いてみる。ジャンには見るものすべてが珍しいらしく「トーコ。あれは何ですか」「あれは何ですか」とよく聞いてくる。そのたびに、「おすしやさん」「うなぎ」「ところてん」と教えてやる。

見れば、駄菓子屋の店先にいまどき珍しいものが出ている。木の椅子と机、何やら子供が押しピンを持って、息を詰めている。しばらくそうしていたら、「あーあ」と声を上げて、薄ピンク色のそれをつまむと、ぱくっと食べてしまった。

「あれは何だ……」とアキオも言う。

藤子は、「あれは型抜きです」と教えた。ひとつ、やってみせることにする。

出てきたのは薄いピンク色の板のようなお菓子だった。表面にひょうたんみたいな模様が彫ってあって、それをそっと、ピンでなぞるみたいにして四角い板から切り離す。

「こうやって、型をうまく抜くことができたら成功というお菓子。あ！」

あえなく、ひょうたんの一番細いところで折れてしまった。

「結構難しいよ。このお菓子がもろくて、折れやすいから」

ジャンとアキオも子供用の小さな丸椅子に腰掛け、やってみることにしたようだった。

「二つください」といって、藤子がお金を渡した。

「いや、いいです。このお金は私たちが」とアキオが言うので、「いいよいいよ、これくらいおごるから」と言うと、アキオが何か言うと、ジャンが腕をまくった。

型抜きを前にアキオが何か言うと、恐縮したようだった。

「なんて言ったんですか」

「どちらが上手《うま》くできるか勝負だ、と」

ふたりの前に型抜きが運ばれてくる。どちらも初級の「きんぎょ」と「うさぎ」だ。

ふたりの間の空気はぴんとはりつめ、冗談でも言おうものなら叱られそうな雰囲気を醸《かも》し出している。そのただ事でない空気に、型抜きを持ってきたおばあさんも固唾《かたず》を呑《の》んで見守っている。

それにしてもふたりとも、机に目を近づけて脇《わき》をちょっと開き、その腕の角度も全く同じなのがやはり兄弟なのだな、と思う。肘《ひじ》が全く動いておらず、指先だけが細かく動いているのがちょっと妙な感じもする。

しばらくして、「できた」とアキオが得意そうに言うと、おやおや、まだやっているのか、という顔をして隣のジャンを見た。

ギョーシエ……とジャンが針を動かしながらつぶやくので見てみたら、ジャンはとうの昔に型は抜き終わり、針先を細かく動かして、表面にものすごく細かい格子《こうし》のような模様を入れているところだった。

「すみませんもう一枚ください」とアキオが言う。そんなにムキにならずとも良いのではないかと思うのだけれど。

なんだか時間がかかりそうなので、飲み物でも買ってこようかと、近くにあった珈琲屋《コーヒー》の列に並んだ。アイスコーヒーを買って戻ってきたら、人だかりができている。かくして型抜きの表面には、縞《しま》だの細かい幾何学《きかがく》模様だのが並ぶことになった。

「ええ、ちょっと何やってんの」と聞くと、ふたりとも我に返ったようだった。

「トーコ。どうぞ」と型抜きを指さすけれど、美術工芸品みたいで食べにくい。

おばあさんが感心して「あれまあ、こんな細かい線、どうやって彫れたの、おにいちゃんたち、ほんとうにすごいわねえ」と言う。

「ええ。まあ……仕事の関係で」

手放しで褒められて、アキオが恐縮している。

「おにいちゃんたちは、何かい、版画家かなにかかい」

「版画ではないのですが、まあ美術系の仕事です」とアキオが言った。

どうりでふたりとも器用だと思ったら、本職も美術系統らしい。そういえば、アキオもジャンも体型は違えど、どちらも指が長く、いかにも器用そうななりをしている。

せっかく外国から来たのだったら、ランチも洋食じゃなくて、珍しそうなものがいいだろうと思い、団子坂《だんござか》まで歩いて行って、もんじゃ焼きを食べることにした。「こうやって土手を作る……」とコテで土手を作りながら説明すると、アキオが訳そうとして困っている。もんじゃ焼きはアキオにも珍しいらしく、「土手？」と何度も聞き返される。なので、ジャンが持っていた電子辞書にしっかり「土手」と入力してやる。食べ物で、土手という言葉が出たのが意外らしい。土手の中に生地を入れたら、ふたりともなるほどこれは土手だと思ったらしい。最後に混ぜると、「ええ、土手は？　さっきの土手は？　壊すんですか」とアキオが不思議がる。最初こそ、小さなへらでおそるおそるといったようだったが、次第にふたりとも喜んで食べだした。

「あ、そうだ。いま、根津《ねづ》神社でつつじまつりやってるから、行く？　甘酒茶屋とかもやってると思う」と言ってみると、ジャンがたいそう喜び、アキオも甘酒が気になった様子で、連れていく。歩く先々で、芋蜜《いもみつ》ソフトを食べてみたり、パン屋を覗《のぞ》いたりする。

根津神社は、つつじが見頃だということで、人でにぎわっていた。赤い鳥居がずっと連なっており、ジャンから質問攻めにあう。丸く形を整えられたつつじが色とりどりに広がっていて、（アキ写真撮って）（これも撮って）と言っているのか、アキオが、はいはいわかったわかったという感じでいろいろ撮ってやる。そうやってはしゃいでいるジャンの様子を見ていると、まあこんな日もいいかと思ったのだった。

次の日、ジャンは店に来るなり目を輝かせて、「アキが、時計を直します」と言う。何のことかわからなかったけれど、上を指すので、どうやら表の大時計の話をしているらしいとわかった。

「いいよ別に。外にあるし。危ないし。結構高い所にあるから。あと、本当を言うと、うち、修理するような余裕もないんだよね。このとおりお客さんもぜんぜん来ないし」

「アキが直します。アキは直すのが、とても、上手」とアキオを指す。アキオは、苦いものでも飲んだみたいな顔をしながら、「ジャンが、この前のゴミの非礼を謝りたいんだそうだ」と言った。「それに、壊れたままの大時計が、行き帰りで視界に入るのが我慢ならない。意味のわからない時間を指しているのも耐えられない」と、神経質そうな口調で付け足す。

藤子は、直すとはいっても、大時計の文字盤に、十時十分の位置で針を固定するのだと思っていた。それなら針を、何らかの方法で固定すればいいだろう。

でも、話はそんな簡単なものではなかった。ふたりはどうやら時計の内部も触りたいらしい。

母からも、大おじいさんの時代、戦前からのものすごく古い大時計だとはちらりと聞いていた。でも、もう大時計自体の部品も外してしまってないはずだ。

「無理だと思うよ。修理の道具もないし。部品だってないし、電池とか電気がどうなってるのかも知らないし、動いてたのなんて、わたしのほんの子供の頃だから、壊れたまま二十年近く経ってるだろうし――」と言いかけて、二階の物置に、確か、大時計の部品がまとめてあると母が言っていたのを思い出した。「よくわかんないけど、錆《さ》びたり、カビたりしてるんじゃないかな。昔のものだろうし、動かすのは、さすがにもうダメだと思うんだけど……」

どうしても、とジャンに乞《こ》われて、その物置を開けてみる。何もかもが雑多に押し込められていた。

ふっと鼻が臭《にお》いを――父の臭いだ――追ってしまって、頭の中から慌ててそのイメージを追いやった。

大時計と墨書きされた大きな木箱が、二箱並べて置いてある。ものすごく重い。

三人で力を合わせて引き出し、中の包み紙を開けてみると。

「鐘？」

意外なものが出てきた。それは一抱えもある鐘。寺院にあるような、除夜の鐘のアレでなく、教会にあるようなイメージの鐘だ。ひどく古びて、何かの鉄が錆びているのか、全体にくすんで黒ずんではいるが、割れたり欠けたりはしていないようだった。

「なんで鐘がここに」

アキオが、「そりゃなんでって、表の時計のために決まってるじゃないですか」と言う。

「藤子さんは、本当にここの娘さんなんですか。時計の所についていたはずですよ。何にも知らない上に、何でも忘れるんだな……」

アキオの嫌みを聞き流しながら記憶を探るも、そんなものがあった覚えはない。実家と店は別のところにあるとはいえ、物心つく頃から、店には来ていたはずなのだけれど。

「Clocca《クロッカ》」とジャンも嬉《うれ》しそうに言う。

「クロッカはラテン語で鐘を表します。そこからclock《クロック》となりました。時計の語源です」

アキオの言葉に、藤子は両手を打った。

「そうか、鐘が時計の語源なんだ……いや、でも何で鐘？　何の関係？」

「何の関係って」アキオが額に手をやった。「まあいい。とりあえず説明は後です。他の部品もあるだけ出してください」と言われる。何かの棒や、鉄の歯車の大きいのから小さいのまで綺麗《きれい》に並べ、難しい顔で、ああでもないこうでもないと兄弟ふたりで話し込む。数と歯車の状態をチェックし、メモに何かを書き込んだりして忙しい。

こんなに歯車がいくつも出てくるとは思わなかった。大きいものはひとりで持つのも難しいくらい大きい。こんなものをいまさら動かすのだったら、電気代も相当かかるのではと思い、やっぱりやめてもらえばよかったかと藤子はひそかに後悔した。

「振り子室も開けてください」

「振り子？　そんなのなかったと思うんだけど」

「ほら、なんと言ったらいいだろう。縦に長い部屋。そうだな、たとえるとエレベーターみたいな。時計の下にあるはずです。位置で言うとこのあたり」とアキオが壁を指しながら言う。

物置から出て、言われたとおり、扉を開けてみる。入居して鍵を受け継いだとき、すこし覗いただけの部屋だった。最初、狭さから、配管などを入れるための部屋か、元はトイレとして使っていたのをつぶした部屋なのだろうか、とも思っていた。

三人で入ったら満員になってしまうような、床面が真四角の小さな部屋だ。上の、明かり取りの窓から光が入っている。アキオの言ったとおり、部屋に入って上を向いてみると、天井が高く、縦に細長い。ちょうどエレベーターの施設のように、二階の床から屋上まで吹き抜けのようになっている。床には木箱に入った丸い石と、何かのロープみたいなものが置いてある。石は藤子がとても動かせないほどにぎっしりとつまっている。よくわからないが、百キロくらいはありそうだ。

「何この部屋」

「まあとで説明します。屋上の鍵もください」アキオが言い、ジャンもロープの強度を確かめるように引っ張った。

屋上なんて、とくに見晴らしが良いわけでもなく、柵《さく》もないため危ないと止められていて、上がったことはなかった。排水が悪くなったときだけ、保守の人に頼んで清掃をやってもらっていたくらいで、普段は開けることはまったくない。

ちょうど時計のある所だけが、屋上に出っ張った部屋のようになっていて、この部分を数えると、建物の四階に当たる。まあ、時計裏のスペースなので狭く、何かに使えたりはしないのだけれど。

三階部分から屋上に抜ける扉を開けて、人ひとりしか歩けないような、細い階段を上る。時計裏のその部屋には、古いミシンを連想させる、よくわからない機械の骨組みがある他は何もない。がらんとしている。時計裏の部屋は、床の半分が穴のように開いていて、覗き込むと、二階の床がはるか下の方に見えた。さっき下から覗き込んだ部屋は、吹き抜けでここととつながっているらしい。おもりとロープも見える。高いのでちょっと足がすくむ。

ふと見れば、壁に字が書いてあった。

ジャンが、そっと指先で文字に触れた。

父の字だ。

「――初心を忘れないように――とありますね。誰の言葉ですか」

アキオが聞いてくる。

「さあ」

藤子は曖昧《あいまい》にぼかした。

ここに、初心を忘れないようにと、律儀な字で書いた父は、もうどこにもいないのだ。あるときから、どこにもいなくなってしまった。姿だけはいたのだけれど、中身はいつからか全く知らない父になってしまった。

自分でもどんな顔をしていたものか、「トーコ」とジャンに声をかけられる。

「ん。何でもないよ」

時計裏の部屋から、屋上に出られる方のドアも、同じ鍵で開けられるようだった。ビルの屋上に出ると、ちょうど夕焼けだ。

三人で並んで、町並みの向こうに夕日が落ちるのを見つめる。低・高・低という、でこぼこの影が、屋上に長く伸びている。

ジャンが何か言った。

「アキオさん、ジャンは何と」

「この大時計が、長い眠りから、ふたたび目覚めるときがやってきた、と」

次の日の開店前、道を掃除していると、アキオとジャンがどこかへ出かけていくのが見えた。アキオが「歯車が摩耗《まもう》しているところがあるので、ちょっと時計の部品を手配しに」などと言っている。

そんな古い時計の部品なんて、どこに買いに行くのだろうかと思う。「いってきます」とジャンも。

「帰りは三日後くらいになるかと」とアキオも言った。

「三日？　三日ってどこへ」と聞こうと思ったけれども、ふたりとも、すずらん通りを抜けて、もう行ってしまった後だ。本当にどこまで買いに行くつもりなのだろう。

言った通り、三日後に大きなスーツケースを曳《ひ》いてアキオとジャンが戻ってきた。

それからのふたりの集中ぶりはすごかった。どこにも出かけずに、三階の玄関前のスペースに部品を広げて、歯車を洗浄したり点検したり、どこからそういう工具や器具も持ってきたものかと思う。

そうは言っても古時計、どうせ途中でわかんなくなるんじゃないのと思っていたら、意外にも迷いなく作業は進んでいるようだった。そういえば昼も何も食べていないようだ。

気を利かせて、冷蔵庫にあった鮭《さけ》をほぐして作った特大おにぎりを「差し入れだよー」と持って行ってやると、「お、もう三時か」とアキオも驚いたようだった。高そうな時計をしているくせに、見てもいなかったらしい。

これだけやってもらっているのに、何もしないというのもなんだか悪いので、「わたしが作るもので大丈夫だったら、晩ご飯、一緒に食べようか。まあ、たいそうなものじゃなくて、居酒屋メニューみたいなやつなんだけど。よかったら」と言うと、ジャンが嬉しそうな声を上げた。

「アキの料理は、黒いです」と言うので、なんとなく察する。

その日は、二階の部屋に、初めてジャンたちを招待して、一緒に食卓を囲むことになった。手土産《てみやげ》には箱入りのチョコレートをもらった。

丸い穴がたくさんあいた鉄板が珍しいらしく、ジャンがじっと眺めている。アキオの方は食べたことがあるのか、「懐かしい」としきりに懐かしがっている。「俺これ好きだった。久しぶりだ」

「見ててね」と、藤子が溶いた生地をざっと流し込むと、ジュウと音が鳴り、いい匂《にお》いが立ち上った。切った生だこを入れ、その上に天かすとねぎ、紅ショウガを入れ、上から生地をまた注ぐ。

はいこれ、と百均で買った千枚通しをジャンに持たせると、それも珍しいようで眺めている。何に使うのかも見当がつかない様子。アキオも千枚通しを手に取った。しばらくそのままにしていて、「さあ頃合《ころあ》いだよ」と言いつつ、藤子が端から丸くひっくり返していく。「さあそっちの端からやってやって」と言うと、ジャンたちも急いでひっくり返し始めた。

「さあできた」と皿に取り、上からソースとマヨネーズをたっぷりのせ、鰹節《かつおぶし》をかけると、鰹節がゆらゆら動く。その動きも珍しかったようで、あれは何だとアキオに聞いているようだった。

たこ……と生のたこに最初心配そうにしていたジャンにも、たこ焼きは異様に受けたので良しとする。あとでチョコ入りやチーズ入り、コーン入りも作って、みんなでそろって満腹になった。


休みの月曜日になり、大がかりな修理が始まった。

四階には、重い部品を運搬するためなのか、ストッパー付きの頑丈な滑車が備え付けられていたので重宝した。大時計の機構部分の土台となる、鉄製の台座には頑丈な足が四ついている。いろいろな大きさの歯車やら鉄の棒、ワイヤーをロープでつるし、引き上げる。歯車にもいろいろな歯の形があることに驚いた。刻みの細かいもの、鮫《さめ》の歯みたいにギザギザなもの。それらの歯車を、元の時計の位置へと組み上げていく。何に使うものか、大きな金づちみたいなものもあった。さすがに重量のある鐘については、力持ちのアキオでも疲れるらしく、ジャンも藤子も手伝うこととなった。金属の塊《かたまり》である鐘を、二階から四階まで引っ張り上げるのは、なかなかの重労働なのだ。

屋上で三人連なって脚を踏ん張って、重心を後ろに。綱をしっかり持って、綱引きみたいだ。「鐘……」藤子がつぶやく。「あのさ、いまさらなんだけど、鐘は、別に無くてもいいと思うんだけど」

アキオが、一番前で綱を引っ張りながら言う。「何を言う、オリジナルが大事。半端な修復は……時計に対する冒瀆《ぼうとく》だ」

「何なの、この時計」

「トーコ」二番目で引っ張るジャンが振り向いた。「サッポロ・クロックタワー」

サッポロは札幌、時計で塔だと……札幌時計台。

「札幌時計台と同じ、ハワード社の時計。こちらの方が少し後の年代で、小型化されているが、中の機構はほぼ同じものだ。ちなみに、札幌時計台の時計は、一八七九年に日本へ来ている」

一八七九年。たしか、大正とか明治のあたりだっけ。この時計も似たような物だとすると、そんな昔のものが今、動くのだろうか。

「でもさ、なんで屋上なんかに時計を。一階なら、もうちょっと楽だったのに」あまりの重さに、藤子が泣き言を言う。

「時計は……上じゃないと」

「よく見えるように？　今どき、みんなそんなに、時間を知るために時計なんて見上げないでしょ。いいよ一階で。一階にしない？　一階が良いなあ」

　これは、明日、絶対に筋肉痛だよなあと思う。関節が悲鳴を上げている。

「時計が、塔の上にあるのは、見やすいからという理由だけではない」

　アキオが、ふうん、と思い切り力を込めた。

　ようやく鐘が所定の位置に収まる頃には、誰も何もしゃべれないくらいに疲弊していた。

「あーもう無理」

　汗だくになった藤子が、屋上で大の字に横になる。三人とも屋上でしばらく伸びて、動けなかった。五月の空が高い。雲が風に流されていくのをなんとなく目で追う。

「最初の時計って、なんだか知ってるか」

　あまりの疲れに、アキオの敬語がすっかりほぐれているのにも、最初気付かなかった。

　見れば、アキオは目をつぶったまま、横たわっている。厚い胸がゆっくりと上下している。

「日時計？」

「そう。ちなみに日時計は結構、精度が高い。きちんとした緯度経度と、日陰棒の角度さえきちんと測れれば、前後三十秒の誤差くらいに収められる精度が出せる」

　日時計、意外にすごいじゃないか、と思った。

「日時計だと、じゃあ太陽の出ていない夜はどうするんだ、雨の日はどうするんだ、となってできたのが、水時計」

水時計？　耳慣れない言葉が出てきた。

「入れ物に入れた水が少しずつ漏れる。その水位で時間を計ったりした。その後には、ろうそくを使う火時計も出てきた。砂時計も」

砂時計となると藤子にもなじみがあった。三分計ってラーメンを作る、あれだ。

「それでだ。十四世紀のヨーロッパでは、街のあるところに、大きな時計が作られるようになったんだが、さて、どこに作られたでしょう」

いきなりアキオが、クイズの出題者のようなことを言い出す。

「お城？」

「城じゃない。見たことあるだろ。教会の塔の上だ。街の中心で鐘を鳴らすと、街中の人にも時間がわかった。大切なお祈りの時間も。時を司《つかさど》ることは、すべてを支配することだった。最大の権威として、時計が作られたんだ」

たぶん、この店の大時計が動いていた頃には、大時計の鐘が鳴ることで、この店も、町中みんなの役に立っていたのだろう。動かなくなって、誰にも忘れ去られ、雨ざらしのま、もう二十年近く経ってしまった。そう思うと、大時計に対して、さすがにすまないような気持ちになる。

流れてきた雲がちょうどお日様を隠したのか、日が陰った。

さっきから気になっていたことが、ふと思い浮かぶ。

「あとさ、今から電気はどうするんだっけ。電気はさすがに電気の技師みたいな人じゃないと工事は無理でしょ」

「電気？」寝転んでいたジャンと、アキオの声が重なった。ふたりとも身を起こす。

「今まで作業を見てきて、電気がどうとかよく言える、本当に何も知らないんだな、この時計のことも、なにも聞いてないのか」

藤子も身を起こした。節々が痛い。

「知るわけないでしょ、だって店番し始めたのも二ヶ月前だし」

「機械式時計だ。機械で動くんだ。電気じゃない」

さっぱりわかっていないような様子を察したのか、アキオが続ける。

「まず最初におもりを屋上まで引き上げる。そうしたら、それをゆっくり下ろす。おもりのロープが降りるときに、時計の歯車が回る」

「そんなの、いっぺんに下まで落ちちゃうんじゃないの」

「おもりがいっぺんに落ちないように、調整する。簡単に言うと、それが振り子だ」

聞いていたジャンが、手を振り子のように揺らして見せた。

アキオがうむ、とうなずいて、厳《おごそ》かに口を開いた。

「〝振り子は、その往復にかかる時間は一定である〟——ガリレオ・ガリレイ」

「歌手……」

「馬鹿者っ歌手じゃない、物理学者だ！　おもりは落ち続ける。振り子が揺れることで、脱進機という部品が、おもりにつながった歯車にブレーキをかけて、また動かす。止めて、動かす。それを繰り返す。これで一定の速度で歯車が動き続ける。歯車は時計の針を動かす。時計は正確な時を刻み始める」

へえ、と思う。

「ところで藤子、さっきの〝時計が、塔の上にあるのは、見やすいからという理由だけではない〟という問題に対する答え。もうわかるだろう。さっきのように、鐘みたいな重いおもりを、毎日毎日引き上げるのはどうだ」

「絶対イヤ。死んでもイヤ。一生に一回でよろしくです」

「十四世紀の人も同じようなことを思った。できるだけ、おもりを上げるのは週に一回とかが良いなあ……日に一回とかは絶対イヤだな……さあ、だから？　もうわかるね、藤子くん」

先生が学生を指名するときのように、指される。

「ハイ！　電気を使った」

「使わねえよ！　何でそうなる」

聞いていたジャンがくすくす笑っている。

「だから、教会の塔の上に時計を作ったんだ。おもりをできるだけ長い間、巻き上げなくても良いように、高く高く」

「なるほど。そうだったのか……って、電気使えばよくない？　今、現代だし」

「馬鹿者っ、これはロマンの話だ、俺はロマンの話をしているんだ！」

「時計は、うつくしい機械です」笑いすぎたのかジャンが、目尻《めじり》の涙をちょっと拭《ふ》いて言った。「昔の時計も、今の時計も」

　アキオが立ち上がる。

「最後の仕上げだ。あともう少しで、あの時計は息を吹き返す。動くのをずっと待っていた――この東洋の地、東京、千駄木で」

「ちょっと聞くけど、さっきの話の流れだと、まだおもりを上まで引き上げる作業がこれからあるのでは」

　藤子は座ったままで言った。

「その通り。それが仕上げだ」

「あっ良い考えがある！　さ来週あたりにしよう！」

　左手をアキオに、右手をジャンに引っ張られながら起こされる。

「無理無理無理もう無理ー」

　無理を二十回くらい言っている間、脚がずるずるとひっぱられるのを踏ん張る。

「トーコ。終わる。すぐです」

「すぐだから大丈夫だ、おもりを二つ、巻き上げ機で巻き上げるだけだから。ひとつは時計用、大きい方のもうひとつは鐘用だ」

ふたりが口々に言う。

「おもり二つも……あるのか……」

「それはハンドルで回せるから、そんなに重くはないはずだ」

ところが話は、そううまく行かなかった。

機構自体は壊れていないものの、ハンドルを摑んで回す部分が劣化しており、巻き上げの力が入らず、このままではおもりを上まで巻き上げられないのだという。

「おもりさえ滑車で上まで持ち上げてしまえば、後は手動で軽く巻き上げられるから大丈夫なんだが……」とアキオが言うものの。

時計自体を作動させるおもりは軽くて、アキオひとりでも滑車で持ち上げることができた。

しかしもうひとつ、石を木箱にいっぱいにつめた、鐘用のおもりが、三人で力を合わせてもなかなか持ち上がらない。途中まで浮くくらいはするのだけれど、とても上までは無理だ。どう考えても百キロ以上はありそうだ。

ハンドルの部品を取り寄せるのも、日数がかかるということだった。

「あー残念残念。残念だなあ。もう夕方だし、またの機会に……ホント残念」と、さっぱりした顔で藤子が言うと、アキオが、「藤子は何キロだ」と言う。いつの間にか呼び名も藤子になっている。呼び捨ての上に体重なんて、レディに突然何を聞くのか。

「えっ何いきなり。最近はその……まあまあ重いよ」

「五十キロ以上？」

「ええ、何、急に、ちょっと恥ずかしいんだけ――」

言い終わらないうちに、ふっと身体《からだ》が宙に浮いていた。ちょうど狩人《かりゆうど》が獲物《えもの》を運ぶみたいな要領で、アキオの肩のところにへそが乗る感じで持ち上げられている。ガ行の濁点にまみれた、自分でもびっくりするような声が出ていた。

「うるせえぞ黙れ！　重みでこの時計の役に立て」

「下ろせこの馬鹿！」「トーコ大丈夫トーコ！」

「暴れるな落ちるぞ」

何が落ちるんだ、と思った途端に、ふわっと胃が持ち上がるような嫌な感覚がして黙った。アキオは滑車のロープを片手で摑み、クライミングみたいに壁を蹴《け》りながら、藤子を肩に載せ吹き抜けを降りていく。思わず背にしがみつくと、途中、上がっていくおもりとすれ違った。

ぐっと身を起こしてみると、上から心配げに覗いているジャンと目が合った。「トーコ！」

アキオが上のジャンに何か叫ぶ。

慌てて降りようとしたら、腰をぎゅっと摑まれた。

「ストッパーで固定するまで降りるな。おもりが落ちてくる」

とりあえず、おもりは上まで持ち上がったようだった。

「で、いつまで乗ってる気だ」と言われて我に返る。

慌てて飛び降りて「何を！」「考えて！」「この馬鹿！」「セクハラ野郎！」と切れ切れに怒鳴る間に、ジャンも上から駆け下りてきてアキオに対して何事かを怒っている。外国語の間に、ところどころに〝トーコ〟が混じっているのがわかる。

「おもりにするんだったら、わたしじゃなくてジャンをおもりにしたらいいじゃないか！」

「はいはいうるさいうるさい。おっと、もうそろそろ時間じゃないか」

「何の時間――」と言いかけたときに。

音が鳴り響いた。

この音。

記憶の懐かしい部分が揺り起こされる。

カーン、カーンという、澄んだ鐘の音だ。

そうだ。この音を確かに記憶のどこかで聞いていた。そのときは、おんぶされていて。

大きな背中は、あったかいお日様みたいな匂いがした。

——疲れちゃったかい。よく歩いたもんなあ。藤子、重くなったな——

——おとうちゃん、重いの？——

——たくさん食べて大きくなったらいいさ。お父ちゃんは力持ちだから。あの時計だって、巻いてるのは父ちゃんなんだぞ——

——すごいねえ。藤子のおとうちゃんは、ほんとにすごいねえ——

——もうすぐ時計ができる。藤子に一番に見せてあげようね——

父さん。

瞬きをただ繰り返す藤子に、「トーコ」とジャンが声をかける。「外へ」と腕を取られて、外へ向かった。

西日のあたった大時計は、正確に五時を指している。

三人並んで、黙って時計を眺めていると、近所の人たちもよみせ通りへ出てきていた。

「懐かしいねえ、大時計。やっと直したんだね。この音。本当に懐かしい」

誰かが、ぽつりと言うと、皆、つぎつぎにその頃のことを思い出したらしい。

おすし屋のおばさんも、「よくね、泣き止《や》まない息子を抱いて散歩していたら、この鐘が鳴ったものだよ。あの子は、よく夕方に泣いたんだ」と、感慨深い顔をした。「あれから二十年も経つんだものね。早いもんだよ」

「昔はこの鐘で、待ち合わせをしたなあ。俺もけっこうモテたんだぞ」と、斜め向かいのおじいさんも照れたように鼻をこすった。

車椅子におばあさんを乗せたご近所さんも出てきた。「ばあちゃんが、何か急に時計を見たいって言い出して。外に出たいなんて、こんなこと久しぶりだからさ」と言う。

皆で見上げる先に、大時計の針が、ゆっくりと時を刻む。

「毎日五時に鳴るよう鐘をセットしてあったようだったから、今日、間に合うように急ごうと思っただけだ。さっきは、まあ。すまなかった」アキオが大時計の方を向いたままで、ぼそりと言う。

「いいよ別に」

記憶が蘇《よみがえ》る、引き金としての鐘の音。

父についての記憶は、夕日を浴びて金色に輝いていた。

どうして忘れていたのだろう。

「トーコ」

ジャンが微笑《ほほえ》む。

「ありがとう。時計直してくれて。ジャンもアキオも。本当にありがとう」

ただの機械であるはずなのに、皆で見上げる大時計は、その命を取り戻したかのように見えた。

藤子はその夜、鐘の音を思い出しながら、物思いにふける。今から五年前のことを――ちゃぷん、と狭い風呂の湯が鳴る。バスタブのへりに頭をもたせかけると、古くすんだ風呂場の天井が見える。

五年前の大阪、当時一人暮らしをしていたワンルームで、夜中に電話が鳴った。出る前に、この電話が何のことについてであるかは、不思議ともうわかっていた。電話は東京からだった。妹の桜子だ。

「藤子姉ちゃん、聞いて。お父さんがね、海で見つかって」

「そう」

そう、としか言えなかった。

「でね、葬儀――」

「行かないから」

「でも藤子姉ちゃん、お父さんと最後の別れになるんだよ、藤子姉ちゃん、聞いて」

「行かない。それだけ」

電話の先で長い沈黙があった。「……わかった」

桜子も、それ以上のことは言えなかったようだ。

父は、死に向かってつっ走っていた。どう考えても、それはゆるやかな自殺だったのだ。

アルコールに溺《おぼ》れて、どんなにお酒をやめさせようとしても無理だった。酒を買えないように財布を取り上げると、コンビニで万引きしたり、停《と》めてある車の車上荒らしをしたりしてまで酒を望んだ。捨ててあるビンの中の酒さえ飲んだ。どんなにみんなで泣いて説得してもだめだった。まだ妹も自分も当時は学生で、二十四時間父の行動を見張るわけにもいかない。本人の同意なく、無理矢理入院させるわけにもいかなかった。

でも、藤子は、父のどこかに、まだ優しかった昔の父が隠れていると心の底では信じていた。

模試が終わって結果が出たあの日、藤子は、志望大学のA判定が出たことにほっとしていた。

家に帰るなり、母の顔色が真っ白になっていることに気がついた。「ないの」と、ぽつりという。

母とおばあちゃんがコツコツ積み立てておいてくれた、大学の学費。アルバイトしながらだったら、やっていけるくらいの、まとまったお金が入っていた通帳だった。それがどこにもない。見つからないように、隠しておいたはずなのに。

調べてみると、それらの預金はすべて引き出され、残高二十円となっていた。

そのまま銀行で泣き崩れた。

どんなに父がおかしくなっても、このお金にだけは、手をつけないだろうとどこかで信じていた。

父は姿をくらましたまま、それきり帰ってこなかった。

藤子はそのまま、高校を卒業もせずに、ひとりで大阪へ渡ったのだった。下手に捜索願を出されるのも困るので、元気である、ということだけは母には電話をして伝えたが、行方を知らせず、頑として実家にはもどらなかった。

事情を知らないバイト先のリーダーに、学校くらいは出ておかないとアカンねんで、と知った顔で長々と説教されたときも、ハハハそうっすね、自分頭わるいんで、と笑ってごまかした。

ずっと心に蓋《ふた》をして生きてきた。

そしてこれからも。

そんな中で、ひとつの疑問が、藤子の中に生まれたのだった。

父の人生に、何が起きたのか――

大時計の蘇ったトトキ時計店は、にわかに活気をとりもどした。地元の新聞の取材を受けたら、それが元で人がやってきた。町の人たちも鐘の音を聞いて「五時の鐘の時計屋さん」とトトキ時計店の存在を思い出してくれたようだった。

この大時計が、ハワード社の機械式時計、しかも発売当時と同じように、手動で巻いて動かすものは、今の世の中においてはとても珍しいということもあって、時計関係の取材も受けることになった。アキオには、「急に思い立って業者に修理を頼んだ」ということにしてくれ、と頼まれていることもあって、誰が直したのかということについては、適当にごまかすことにした。

時計雑誌の記者は、とにかくよくしゃべる男で、階段を上るとき以外ではずっとしゃべっている。

チクタク、と時計の音を表現するものだけれども、時計って本当にチクタクと音がするんだなあと、最上階の大時計の機構を案内しつつ藤子は思う。歯車の上に、ひらがなの〝へ〟の字みたいな三角の部品があって、休みなく左右に動いている。アキオの言っていた通り、その三角の部品が歯車の動きを調節しているみたいだった。電気もないのに休みなく動き続けるのは、やっぱり不思議な気がする。よく見ていると、歯車と、その三角の部品だけが真新しい。表面に、小さく何かの記号のようなものが見える。金属の上に何か彫ったもののようだった。それが、Jの飾り字だと気づいた。

記者が、ひととおり大時計の機構を見おわり、店の写真も撮って、さあそろそろ、と腕時計を見かけたときに、ちょうどアキオとジャンが連れだって戻ってきた。

いつものように「トーコ」と、ジャンが何か言おうとしたら、「ああっ！」と記者が変な声を上げた。

「あなたはもしや――」

口を開けたまま記者がしばらく固まっている。「やっぱりそうだ！　そうですよね。ねえ？　ほら、去年のバーゼルでもお会いしましたよね」

何か外国語でも話しかけている。

「あれ？　ジャンたちとは、何かのお知り合いですか」

記者は、藤子の様子を見て、信じられない、という顔をしている。

「知らないんですか」

「何が？」

「まさか本当にご存じないんですか。最年少でアカデミー入りを狙《ねら》う希代の才能、時計師界の超新星を！」

時計師？

超新星？

耳慣れない言葉にとまどう。

「すみません、あの……時計師って？　アカデミー？」

「ええ、本当に知らないんですか。四歳のみぎり、すでにレゴブロックで、実際に稼動する機械式時計の仕組みを完成、わずか十五歳でトゥールビヨンを設計、組み上げたという不動の伝説！」

なにビヨンだか知らないけれど、記者のこの興奮の仕方はただごとでない。へえ。意外にアキオもすごい奴だったんだなあ、と見直していると、アキオを素通りしてジャンの前で何か言った。ジャンが、ちょっと困ったような表情を浮かべる中、記者は汗の噴き出る額をずっとハンカチでぬぐって、外国語でしきりに何か言っている。

「あの、すみません、時計師って、ジャンがですか？　だって、日本で言うと、まだ高生くらいでしょ」

「何を言っているんですか！　代々、王族の時計をも手がけてきた有名時計師一族の末裔《まつえい》、いうならば時計帝国の王子ですよ、その名も――」

ジャンとアキオが同時に制止した。

「ジャンがこちらにやってきたのはプライベートです。これ以上の詮索《せんさく》は不要です」

「いや、でも、ぜひぜひお話を」

「さっきも言ったはずです。今はプライベートで滞在中なので」

はっとジャンを見ると、その目を据《す》わらせていた。

唇にだけ、薄く笑みを浮かべている。

「……あなたの、お名前はなんですか」

日本語は片言で、口調こそ柔らかいものの、その奥に感じる気配は驚くほどに尖《とが》っている。こんなジャンの姿は初めて見た。まだ若いとはいえ、その視線には誰もを黙らせる力があった。獲物を前にして姿勢をかがめる白い虎《とら》のようだ。その冷ややかな目の光。そうやって静かに黙ると——ジャンの整った顔は、ぞっとするほどに凄《すご》みを増す。

たぶん、記者にも、この答えいかんで自分の進退が決まるとわかったのだろう。

「あっ……そうですねそうでしたね。プライベートですものね。これは失礼」

いやはや、と愛想笑いを浮かべた。

「くれぐれも、記事には、ジャンのことはお書きになりませんように」

アキオが念を押す。


記者が帰ってから、アキオはジャンを先に部屋に帰らせた。「話がある」と言われ、とりあえず一対一で話を聞くことになった。机の向こうとこちらで、向かい合わせに座る。インスタントコーヒーの湯気が二つ、かすかにあがっている。

「何から話せばいいか。俺たちの素性を話しておこう」

そこから始まった話は、藤子の想像を絶するものだった。

「——藤子を信用していなかったわけではない。ジャンの立場に関してはデリケートな問題をはらんでいる。だから言わなかった。そのうち段階を踏んで、藤子にもきちんと伝えるつもりだった」

そういえば。藤子には思い当たることがあった。ジャンが越してきたあたりから、何も買わないでそのまま出て行く、見慣れない客が来ると思っていたのだ。隣のおばさんにも、藤子ちゃん、いい話があるのかしら、と控えめに聞かれたことがあった。「何がですか」と言ったものの、おばさんは「隠さなくても良いわよ、がんばってね。応援してるから」と笑った。今思えば、何らかの身辺調査が入ったのかもしれない。

入居してから、一週間くらいはジャンたちの接触がなかったのは、その調査の結果を待っていたのだろう。

一応、合格印がついたわけだ、と藤子は思った。

いま、自分はどんな表情をしているのだろう。どんどん気持ちがささくれていく。

「最初に、バレー・ド・ジューと言ったろ。ジュー渓谷。あれは、スイスにある、時計産業の中心地なんだ」

ということは、ふたりはスイスからやってきたということか……、藤子は、頭の中の世界地図に、なんとなくの位置でスイスを思い浮かべた。たしか、ごちゃっとしたあたりの真ん中にある、小さな国のはずだ。

「で。ジャンのことだ。時計の会社だけでなく、宝飾品や時計の部品会社なんかもすべてひっくるめて、いろんな会社が集まってできた巨大グループ企業がある。ジャンはそこを一手に率いるオーナーの息子だ。具体的などこかまでは、すまない。まだ言えない。ジャンは、身分を明かさないことを条件に、日本行きを許された。俺も同じく、この場で所属を名乗ることは許されていない。なんとなくで察して欲しい。ただの、日本にやってきたクロサワ・ジャンと、クロサワ・アキオ兄弟ということで通して欲しい」

「身分を明かさないってのは、どうして」

「それは……」アキオは口ごもる。「さっきの記者を見たろ、たぶん大騒ぎになって日常どころではなくなる。ジャンは時計界の王子だ。ただ血筋のことだけをいうんじゃない。何もかもを持って生まれてきた子供なんだ。能力も、富と権力もすべて」

　アキオが、遠い目になった。

「ジャンは、ジュネーブ時計学校に入学して、一年目をとても優秀な成績で過ごした。通常三年で卒業するところを、たった一年で卒業したフランク・ミュラーみたいに、誰もがその才能を認め、成功を確信していた。天才的なセンスは血筋から、時計作りの最新設備は親から。数千万円もする最新機材が、ちょっとした遊び道具みたいな感じで、まだ十歳にもならないうちからジャン専用の工房にすべてそろえられていた」

　あのジャンが、そんな育ちだったなんて。確かに手先は器用だとは思ったけれども、そこまでだとは。

「そればかりじゃない。実際に身につけて使ってみなければわからないこともあるだろうと、幼い頃から、世界中の時計の逸品に囲まれて育った。ジャンはそういう、次世代の時計界をリードするために、時計についての英才教育を徹底的にうけて育った時計師の卵なんだ。十五歳のときに組み上げたデザインも、すでに老成していると言われるくらい洗練されていた。センスと資金と運、どこにも欠けがないのは、本当に奇跡的なことだったろうと思うよ。ブランドの看板を継ぐにもふさわしい」

ジャンの姿形、振る舞いを思い出していた。まさに、王子という呼称はジャンにぴったりだと思う。

「ところが、あるときからぷつりと糸が切れたみたいになってしまった。何が原因なのかはわからない」

アキオがため息をつく。

「この来日は、時計自体から少し離れた方がいいという、一族の意向でもある」

藤子は、冷めきってしまったコーヒーの色をずっと見つめ続けていた。

「あと、ジャンも俺も、彫金師《エングレーバー》としての技術も身につけたいと思っている。とくに、伝統技法の中でも、日本の木目金《もくめがね》彫刻に興味を持った」

「木目金？　どんなのだっけ……」

また聞いたことのない単語が出てきた。

「木目金っていうのは、江戸時代の日本で完成した技術なんだが、色の違う、様々な金属を重ねた木目金といわれるものに彫刻をする。すると、彫刻の断面が、木目みたいに綺麗な層の重なりになって見えるんだ。その木目金に精密な彫刻をほどこして、時計の文字盤を彩ったりする。俺たちが日中、あまり部屋にいないのは、木目金の職人さんに直接学んでいるのと、和時計研究家に教えを請うているのと、あと、鍔《つば》師の技術も学ぼうとしているからだ」

「つば？　つばって何？」

確かに日本語なのだけれど、わからないことだらけだ。

「刀があるだろ。ここを握るだろ。刃と握るところの間に、丸いのがついてるだろ」と、握った手首のちょっと上を指す。

「そう……だっけ。そうだよね」

頭の中で思い浮かべた。時代劇とかで、チャキーン、とかいって刃を受け止めているアレだろうか。

「それが時計と何の関係が」

「大ありだ。日本の和時計を造ったのは、古《いにしえ》の鍛冶《かじ》職人であり、鍔師でもあったんだぞ。今度、日本刀を見ることがあれば、刃だけでなく鍔も見てくるといい。鍔の所に、ものすごく細かくて美しい彫刻がなされているだろうから。フランシスコ・ザビエルが時計を献上したのが、日本での機械式時計の始まりだったんだが、宣教師は、キリスト教を広めるだけではなくて、セミナリオやコレジオといった専門学校のようなものを作った。そこで、印刷術や天文器具、様々な技術を伝えたんだ。後の鍛冶職人が、そこから学んだことを、日本独自の和時計として発展させた。鍔師のような優れた技術を持つ鍛冶職人なら、金物細工はお手の物だっただろうから」

ジャンたちが日中どこかに行っていつもいないのは、観光ではなく、勉強しに行っていたためらしい。

「ジャンの父親も、ジャンをこのまま一直線に時計師の道に進ませることに対して、危うさを感じたのだろうと思う。最短距離で得た知識は、時にもろい。若い頃には、さまざまなことを吸収させるほうがいいのではないか、というのが一族の意向らしい。いったん日本で、他の文化に触れてきなさいということで、ジャンはここにやってきた」

アキオは、もう冷めてしまったコーヒーを一口飲んだ。

「まあ、そんなわけで、同門ではあるけれど、俺たちは本当の兄弟じゃない。俺はジャンの通訳と世話をするために、日本での兄役をおおせつかった、ただの付き人だ。ちなみに今でも、このビルの周りには、武装した護衛が三交代制で、二十四時間ジャンの無事を見張っている」

「嘘《うそ》っ、どこで？」

「派手に目だつようだったら日常生活に支障が出るし、護衛にならないだろ。斜め前の家とかだろう」

じゃあ、最初の日にゴミの件でジャンの手を摑んだとき、もしかしたら護衛に取り押さえられていた可能性もあったのかと思うとぞっとした。

「大時計の歯車も、新しく作り直したのはジャンだ。残っていた部品は、歯車も、時計の心臓みたいな部分の脱進機も摩耗していたから。俺も手伝ったが、CNC旋盤《せんばん》の扱いも、あの歳《とし》なら大した腕だと思う」

あの飾り字はジャンのJかと今、わかった。どこかの工場にでも行って、機械を借りてきたのだろうか。

ふとアキオが時計を見る。

「ジャンが心配しているといけない。今日はこんなところで。じゃあまた明日」

今聞いたことが頭の中で渦巻いて、藤子はずっと動けなかった。

うちにやってきたのは、時計の国の王子らしい……。

アキオが帰った後も、藤子のなかに生まれたもやもやする気持ちは、ずっと続いていた。

ジャンは、半年間のホテル住まい、しかもスイートルームの予約を、途中でキャンセルしてここに来たのだという。

ジャンにしてみれば、軽い好奇心だったのかもしれない。テレビでよくあるようなほんのお楽しみ——たとえば、原住民の住みかにちょっと行ってみて、普通では味わえない珍しい暮らしを体験してみたいというような。すっごーい、嘘だ、こんなところに住んでいるんだー。こんなの食べられるの？　ここに寝るなんて正気？　でもちょっと、日常からかけはなれていて面白いかも、なんて。

たこ焼きがおいしいなんていうのも、ジャンなりに気を遣《つか》ったのだろう。大安売りのときに、まとめ買いをした粉で作ったたこ焼きだ。

しょせんは住む世界の違う人間。素性を隠したかったのもよくわかる。バレてしまえば面倒くさいことになると思ったのかもしれない。自分なんて、学があるわけでも、何かの能力があるわけでもない。お金をせびられるとでも思ったのだろうか。変にたかられるのを警戒したのだろうか。

翌朝の月曜日。こんこん、とドアがノックされても、藤子は、出て行く気にはなれなかった。

「トーコ。トーコ」

呼ぶ声がする。

藤子はだらだら起き出して、ドアをほんの少し開けた。すぐ前に、ジャンの笑顔があって、お休みの今日はどこへ行こうかと、出発する前からワクワクをおさえきれないようだった。

「トーコ」

「おいしいものなら、五つ星レストランでも三つ星でも調べて行って。銀座でもどこでもあるでしょ」

ジャンの後ろで、アキオが、さっと表情を硬くしたのがわかった。

「……トーコ？」

「アキオ。訳して。訳して早く」

アキオが何か言うのを聞く前に、藤子はドアを閉めて鍵をかけた。

なんで、こんなことを言ってしまうのだろう。

父のことがあったにせよ、今やりたいこともなく、ただ漫然と毎日を過ごしているのは自分で生き方を決めたせいだ。すべては自分の選んだ道だ。

ジャンたちにあたることでもないのに。

ジャンたちがキャンセルしたホテルのスイートルームなんて、一泊でも、藤子の今のバイト代一ヶ月分よりももっと高いだろう。そんなことを考えてしまう自分があさましく、もう嫌で嫌で仕方が無い。

でもきっと、ふたりだってこの暮らしに——不便を楽しむ遊びに飽きたら、いずれ出て行く。それが遅いか、早いかだったというだけだ。

この気持ちを、どう収めればいいのか、自分でもわからなかった。

そのまま、窓からの光が弱くなるまで、藤子は布団からも起き上がらず、身体を丸くして動かずにいた。何もする気にはなれなかった。

　その日の夕方。

　こんこん、とドアがノックされた。

　もう無視しようかと思ったが、「聞いてくれ。これだけは言っておきたいと思う。それでも俺たちがここにいない方がいいなら、すみやかに部屋を出るから」という、アキオの真剣な声が響いた。

　藤子は、ドアの内側に、背をつけて座った。

「聞いてるんだろ」

　無視するのも何だと思って、一回だけ、戸を叩《たた》いた。

「今はジャンはいない。部屋ですねて寝ている。いるのは俺だけだ」

　こん、と中から戸を叩く。

「よし」

　アキオは少し黙った。

「最初、俺たちがホテルに滞在していた頃だ。谷中に大名時計博物館があって、それの帰りに、少し町を歩いてみようということになった」

こん。戸を叩く。

「そしたら、針がめちゃくちゃな時計屋があって、中で愛想のぜんぜんない女がひとりで店にいた。通り過ぎようと思ったら、ジャンが動かない」

こん。

「はやく行こうって言ったら、上の大時計と、ディスプレイの影になってる時計が泣いてるみたいだって」

こん。

「中の女の子も泣きそうだって。俺は、あれはあくびをした後だって言ったんだけどな」

ごん。

「ジャンは空室の張り紙を見て、もう電話をかけてた。冗談じゃないと思った。片言で一生懸命、このビルに入りたいんだと話している。途中で仕方なく電話を代わった」

こん。

「かくして、快適で優雅なホテル暮らしとはおさらばとなった」

こん。

「でもな」

そのまま、アキオはしばらく黙っていた。

石造りのビルは、世界の終わりみたいに、しんと静まりかえっている。

「ジャンがあんなに笑ったのを初めて見た」

藤子は黙ったままでいた。

「将来の動向によっては、世界の時計業界が大きく動くような未来を持つ子供だ、ジャンは。すり寄ってくる人間は山ほどいる。将来の大成功を見越して、娘をわざわざ近寄らせたりするような人間も。みんな善人の顔をして、少しでも王子に気に入られるように気を遣って遣って……」

こん。

「そんな中で、子供の頃からずっと、気を張り詰めて生きてきた。ほとんど誰にも気を許さずに」

こん。

「たこ焼き、うまかったって。ずっと言ってた」

こん。

「言いたいことはそれだけだ」

藤子はすわりこんだまま、膝《ひざ》を抱える。

「藤子」

「なに」

「俺からも礼を言う。ありがとう。藤子が、もうやりにくいなら、やめてもいい。でも、俺たちはここにいたい。俺も」

扉の向こうで、立ち尽くすアキオの姿を想像する。

「じゃあ」と言って、上階に上がろうとする、重い足音がした。

鍵を回して、ほんの一センチだけ、扉を開けた。今の自分の顔を見られないように。

「ごはんは」

「もちろんまだだ。昼も食ってない」

藤子は迷っていた。

まだ自分の気持ちには、どう整理をつけて良いかわからないけれど。

「……あのさ。鶏肉《とりにく》、なんだかすごいいっぱい余ってるんだけど。鶏の唐揚《からあ》げ、食べる?」

アキオが上の階に向かってジャンを大声で呼ぶ。上階から、らせん階段を駆け下りてくる足音が聞こえて、藤子はゆっくりと立ち上がった。

ちょうど、鐘が鳴り響く。

トトキ時計店の、五時の鐘。

藤子は戸を開けるまえに、大きく深呼吸をした。

お皿に山盛りになった鶏の唐揚げを、全部平らげた三人は「苦しい……」「おなか、まるい」「食い過ぎた」と口々に言いながら、椅子の背に反り返っていた。口が油でテカテカだ。

「ところでさ、あの時計、おもりが一番下まで行ったらどうするんだっけ」

藤子が、気になっていたことを聞く。

「新しいハンドルはもう手配した。あの時計は、八日巻きのタイプだから、一番下になるまでに巻き直しだ。一番下になったら、針が止まってしまうから」

「こうやって……」ジャンがぐるぐる回す手つきをした。

藤子は嫌な予感がした。

「え……ちなみに聞くけど、週に何回？」

「週に一回」

あのおもりを、週一で、歯を食いしばりながら、ぐるぐる巻き上げる自分を想像してめまいがした。

「そうだっ、良いこと思いついた。電動にしよう！　電動！」

「藤子はロマンを理解しない」「時計はうつくしい機械です」

「うるさい！　今は現代なの！」

アキオとジャン、ふたりして笑っている。

「まあ、そんなに嫌なら俺に抱かれて毎回降りたらいいじゃないか。おいで」と、アキオが腕を広げるので「死んでもイヤ！」「アキ！」と、藤子とジャンが同時に叫ぶ。

とりあえず、アキオとジャンと藤子の三人で、交替で巻き上げ、時計が正確に動くように週一で調整することになった。

眠りから目覚めたトトキ時計店の大時計は、時を刻みつづける。

〈幕間〉時計師ふたりの日常 1

その夜。

アキオは、入居にかかったもろもろの経費と、大時計の修復にかかった費用をパソコンでまとめていた。

ふと、静かだな、と思って背後を見ると、リビングのテーブルの上に突っ伏してジャンが寝ている。

ジャンの頬の下じきになっているノートを見てみると、かわいいですね。とても、かわいいです。よていがありますか。では、げつようびはどうでしょう。などと、たどたどしく書いてあって笑った。

日本語が堪能《たんのう》ならば多分一人称は「余」のはずの、この気難しくてきかん坊、異名は「悪童」の小さな獅子王《ししおう》が「かわいいですね」とかを、こうやってちまちま練習していると知ったら、工房の皆は驚いて目をむくだろうなと思った。日本語がまだカタコトなこともあって、見た目だけは、まるで可愛《かわい》らしい十七歳に見えているのが可笑《おか》しい。

ジャンが、「大時計の部品を作る」と言ったときには、何を言い出すのかと思った。「家に帰る」と。データだけ実家に送るのかと思いきや、たったの三日でスイスと日本を往復することになろうとは。プライベートジェットの中で設計をすませ素材も手配し、到着次第すぐにＣＮＣ旋盤での作業に取り掛かったのだった。

ものを創るために一番重要なのは、熱だと思っている。完全に燃え尽きたのではないかと言われていたジャンが、またこうやって、何かを作りたいと思える日が再び来たのは、本当に喜ばしいことだと思う。

日本に来る前、ジャンには、習慣の違いについて、いろいろ説明しておいた。日本ではハグの習慣はないということ。とくに女性には。

さっきジャンと、「挨拶《あいさつ》のときにハグしないのなら、日本人はいつハグするのか、まさかしないはずはなかろう」という話になった。日本の女の子とは、ごにょごにょで、ごにょごにょの後、まあ、ごにょごにょしたりして、ようやく初めてハグが許されるのだと説明すると、ふうむなるほど、という難しい顔をして、何事かを考え込んでいた。そのまま眠ってしまったらしい。

少し肌寒いので、薄いブランケットを掛けてやる。ジャンはすうすう寝息を立てている。

第二章　水晶《クオーツ》と機械と白い象

トトキ時計店は今日も暇だ。通りを掃除し、窓を拭《ふ》いて、ガラスケースも拭くともう何もやることはない。午前中はたいてい暇なのだけれども、雨予報の天気のせいか、いつにもまして暇だった。

今日は、ジャンたちも午前中はゆっくりしているようだった。店に来てのんびりと話などしている。

カウンターの隅《すみ》に、使い込まれた時計を四つほど置いていたのだが、それにアキオが目を止める。「この時計は何だ」とアキオに聞かれて、「これは外注に出す電池交換の時計」と言った。アキオは「外注に、ってどうして。電池交換だろ。なんでそんなことを」と不思議そうにしている。

「いや、わたし、できないから……なんか怖いっていうか」

見れば、アキオが目を据わらせている。

「藤子、ここに座れ」

だんだん、と机を叩《たた》いた。

「え、何で、嫌だよ」

「時計屋のくせに電池交換すらもできないなんて、なんたる有様だ！　バネ棒外しはどこだ？　ピンセットは。裏蓋《うらぶた》閉めはどこにある！　いまから俺が手取り足取り教えてやる」

「別にわたしはただの店番だから……どうでもいいよ。めんどくさい」

ジャンが隣に座った。

「トーコ。大丈夫。僕も一緒。がんばりましょう」

母が店にいた頃には、電池交換は母がしていたのだが、今は知人に頼んで、一週間に一回まとめて時計を送り、そこで電池を交換してもらうことにしていたのだった。

工具を探したら、机の引き出しにそれらしき物があった。

「本当はな、こういう工具はなあ、まず自分の手に合うように調整するものだ。毎回使うたび、ドライバーとピンセットの先を研いで道具を整備する。ほんの少しでも先がゆがんでいたりすれば問題が起きる。手にもその人それぞれの癖が……って人の話を聞いてるのか藤子は。おい人の話を聞け」

アキオの蘊蓄《うんちく》が右耳の穴から左耳の穴へ抜けて、ぼんやりしていた。

「だって怖いじゃん、自分の時計じゃなくて、人の時計だし」

「時計屋なんだから当たり前だ」

「トーコ。怖いこと。良い事です。時計が大切。だから、怖いでしょう」

アキオがやると、さすがに簡単そうに見える。大きな手があっという間に一度蓋を開けて、閉め直した。「今の通りにやってみろ。慎重にやれば、それほど難しくない」

中はいろいろなよくわからない部品が細かくつまっていて、見るだけで怖くなる。

「時計の中って何でこんなに複雑なの。ありえない。電池くらい、単三電池とかみたいに簡単に入れられたら良いのにさあ……」

「つべこべ言わずに手を動かす！」

工具を滑らせるなよ……傷がついたらもうおしまいだ、とアキオにさんざん脅《おど》されながら、自分でも裏蓋を開けてみる。手が震える。

中に電池が見えたときには、冷たい汗に覆われていた。コイルに絶対引っかけるな、とか、パーツを飛ばすなよ……と横からアキオが口を出す。

「ボタン電池をショートさせるなよ……って言ったそばから、そう持つんじゃない！　こうだ！」

どうしてボタン電池を持ちやすい向きで持ったらショートするのか。こんな丸い縁をピンセットで挟んで持つのは、どう考えてもおかしいと思う。

「よし、今度は開けてもいい時計でみっちり特訓するぞ。ここからは俺がやろう」

「トーコ。僕がやります。見て」と言うので、アキオはジャンに工具を譲った。

ジャンがてきぱきと工具を操っていく様子は、まだ若いとはいえ、さすがに手慣れている。作業のどこにも無駄がなく、中も綺麗《きれい》に掃除しながら仕上げていく。すべての過程が終わると、ピアノで最後の一音まで演奏しおわった人のように、すっと視線を上げてこちらを見た。

「これも、僕がやります」と言って、他にも二、三あった時計もあっという間に終わらせてしまった。こんなことなら、これからはジャンに頼みたい。たこ焼き六つくらいでやってくれないだろうか。

緊張のとけた藤子が脱力して座っていると、お客さんがやってきたので、一応「いらっしゃいませ」と小声で言いかけた。

顔を上げると、よく見知った顔がいる。

「千穂《ちほ》さん、わあ、久しぶり。元気だった？」

千穂は幼なじみだ。年は少し上だけれど、千穂が面倒見よく、いろんな年頃《としごろ》の子と遊んでいたので、藤子もよく遊びの輪に入れてもらっていた。一緒に駄菓子を買いに行って、くじを引いたり、あめ玉を交換したり。しっかり者で、当時から、勉強が一番できる神童として有名だった。夏休み、おやつを食べながら、宿題を一緒にやったことを思い出す。その頃から千穂は歴史が大好きで、暇さえあれば大人の難しい本を読みふけっていた。何かを教えるのも、そこらの先生よりもはるかに上手だった。千穂は当時から小さな先生だったのだ。

千穂の母親が近所で美容院をやっていたので、子供の頃は、藤子もよく髪を切ってもらっていた。その美容院は根っから商売人の千穂の妹が継ぎ、今はエステだネイルだと、景気よくあちこちに支店を増やしているようだ。長女の千穂のほうは、某有名大学の講師をしている。たしか、専門は日本中世史か何かだったか。

いつものように、白シャツに紺のスカートという、こざっぱりとした、飾りけのない服を着ていて、黒髪も後ろでひとつに束ねている。

「あら。こちらはお客さん？」と、ジャンとアキオを見た。

「うちのビルに入居してきた、留学生のクロサワジャン君と、兄のアキオさん。実家が時計店で、時計にはいろいろ詳しいみたい」と軽く紹介しておいた。お互いに挨拶《あいさつ》などしている。日本に来てからどこへ行ったか、などと世間話をしているうちに、ジャン、アキオ両人とも日本刀のことでずいぶん話が盛り上がった。博物館で次に開かれる日本刀の展示を、千穂の解説付きで一緒に観《み》に行くことが決まった。藤子も誘われたので、ついて行くことにする。

自分の大好きな物について、一生懸命話している千穂は生き生きしている。勉強を教わっていたときも、社会科の成績はぜんぜん上がらなかったけれど、千穂が話してくれた合戦のエピソードなんかは、今でも映画で見たかのように、はっきりとした映像として心に残っている。

ふと、藤子は、千穂についての良い噂《うわさ》があったことを思い出していた。

「そうだ。千穂さん、何かさあ、いい話を聞いたんだけど」

「ああ……」と千穂が照れる。「あれね」

二十九歳の今まで、ひとつも浮いた話がなかった千穂だけれども、ついに結婚するという噂は本当らしい。

聞いてみると、博物館で今の彼と出会ったのだそうだ。知り合いの学芸員と親しく話しているところに、展示物について尋ねられたのだという。専門分野のことなので、話も大いにはずんで、とても喜んでもらえたのだとか。それがきっかけとなり、食事に誘われ、ついにはふたりで会うようになったのだという。

「で、今日はどうしたの。新しい時計とか」

「それがね。藤子ちゃん、時計についての相談なんだけど」千穂が、鞄《かばん》を探りながら言う。

「あの。自分でも調べたんだけど、よくわからなくて。ここで、オーバーホールって、できる？　もしできるなら、だいたい、いくらくらいかも教えてもらいたいんだけど……」

千穂が鞄から出してきた時計に、ジャンとアキオがいきなり前のめりになる。

「ミネルヴァ！」

文字盤がほんの少し黄色くくすんでいる。どうみても年季が入っていそうな、ただの時計だ。このふたりは何をそんなに喜んでいるのだろう。「失礼、拝見しても？」とアキオが言うので、ええ、と時計を渡すと、ジャンもアキオも、早口で何かをしきりに話している。アキオが、目にはめて見る虫眼鏡のようなキズミを出してきた。

時計を裏返すとガラスになっており、中身が透けて見えるようになっている。よくわからない機構がぎっしりつまっている。何やら、色の石やら、小刻みにチラチラ動いている部品がある。

「ミネルヴァのキャリバー48……」

アキオがうっとりした声で言う。

「千穂さん、どうしたの。これ、買ったの」

「いえあの……もらったの……」

千穂が、なんだか困ったように目を伏せた。

「彼氏さんにもらったのか、いいなあ」肩をつついてみる。

「いや違うのよ。まあ……彼の、お母さんのものなの。それをね、彼を介してもらったの」

そうなのだ。千穂は、姿形こそクラスで一番の美人とか、ミス○○といった華のあるタイプではないけれど、しっかりしていて知的、責任感もあって、とにかく優しい。そんな千穂さんの良さをわかってくれる彼と姑《しゅうとめ》さんで、本当によかったなあと思う。

「姑さんに、もうそんなに好かれてるなんて、さすがは千穂さんだ」と言うと、千穂が、うん……と言って黙った。何か含みがありそうな雰囲気だ。

「どうしたの」

「あのね。わたし、この前、挨拶に行ったの。彼の実家に、初めて。お父さんと、お母さんと、お姉さんもいて。緊張したけど、いろいろお話できて、良かったなあって思ってたの」

うんうん、とうなずく。

「紺のワンピースに、こっちの方の時計をつけて」

左手首を見ると、さっき出した時計と、とても似ている、シンプルな時計がつけられていた。

「あら。その時計……っていう顔でお母様が見ていたのね。〝これですか？　これは、セールで買った時計ですが〟って、わたし、なにげなく。まあ、実際、千円くらいで買ったんだけどね」

千穂が堅実な性格なのは知っていた。服だって、質素を絵に描《か》いたような、白シャツに紺のスカートで、いつでも制服みたいな着こなしをしていた。冬はそこへ黒のコートが加わる。夏は半袖《はんそで》になる。その繰り返し以外の服は見たことがない。鞄もずっと同じ形の黒。ちょっとイメージが、修道院のシスターみたいだなあと思うことがある。

「その日は、なごやかに挨拶して、またいらっしゃいねって」

「いいじゃない。やったね」

「そうしたら、次に会ったときに、彼が、〝これは母の時計なんだけど、母はたくさん持っているから、良かったら〃って言うから、もらったの」

　なんだか浮かぬ顔をしている。

「え。嫌だったの？」

「違うの。すごく大切にしてもらって、親切にしてもらってるのは、自分でもよくわかってるの。でも、彼のお家《うち》、すごくて。大きな門をくぐると、都心なのに、静かで空気がひんやりしていて、森の中みたいだった。門からお家に行く途中の小道で、川のせせらぎも聞こえてきて。お父さんはクラッシックカーが趣味で集めていらして、車庫の棟にずらりと並んでるし。壁にもセンスの良い絵画や写真がかかってたりして、わたし、彼がそんなにいいお家の人だとは全く知らなくて。もう、なんだか、すっかり気後れしちゃって」

　どうやら某高級ホテルを代々経営してきた一族で、芸術の香りあふれるお家らしい。わざわざ北向きにお屋敷が建っているのも、窓から見たときお花が美しく見えるようにというのだから何だかすごい。趣味で、若手の芸術家たちのバックアップもしているという。

　オークションの話が出てきて、ああ、一円スタートのあれかと思ったら、そうじゃない方のオークションらしい。やりとりするのは、握りこぶしくらいのダイヤモンドとか、教科書に出てくるようなゴッホとかの名画で、本物の木槌《きづち》がでてくるという、あれだ。そういうオークション会場の真上には、個室になっているＶＩＰ専用の特別席があって、オンラインでも入札ができるなんていう、生涯でもっとも縁の無いような豆知識も教えてもらった。

お父さんも品があり、お姉さんもお母さんも、女優みたいに綺麗で優雅、お屋敷で本当に夢みたいな時間を過ごしたのだそうだ。

わあ……これこそ玉の輿《こし》だ……と思う。この下町の路地から、ついにそんな玉の輿にのっちゃう人がでてくるとは。さすがは千穂さん。

「この時計も、ポンとくださったのだけど、でも、気軽にもらってもいいようなものじゃなかったらしいの」

藤子が、二つの時計を見比べる。

「あれ……でも、この時計とセールの時計、なんか似てない？」と言うと、千穂が手首につけている、セールで買ったという時計も外して、並べて見せてくれた。

千穂の持っていた時計と、彼のお母さんからもらったという時計、二つの時計を隣に置いて見比べる。

白い文字版。針も数字も金色でシンプル。ベルトは新品の革。ロゴが、一方にはMinervaとある。

どう見ても、そう変わりはない。違いはと言えば、片方の時計の針は、ちっ、ちっ、と動くのに対し、もう一方の時計の針は、なめらかに動いているくらいだ。なめらかに動く方には、六時の所に小さな丸があって、そこの中に小さな秒針がついている。

「いいんじゃない？　まあちょっと針が違うけど、時間も同じだし、まあまあ同じだよ。気にせずもらったら？」

咳払いが聞こえると思ったらアキオだ。

「藤子。違う。ぜんぜん違う」

「トーコ。ちがいます」

聞いていたふたりが、会話に割り込んでくる。

「うるさいなあ、同じでしょ。時間見るんだったら、大体どっちも同じだよ、同じ同じ」

アキオが頭を抱えて呻《うめ》いている。「藤子……よくそれで時計屋を……」

「いいの！　ただの店番だから！」

「トーコ。この時計は、クオーツ」ジャンが言うと、「こっちの時計は、機械式時計だ」とアキオが言い、「失礼します」と、両方をひっくり返した。

「よく見ろ、ものすごく違う」

確かに、一方はつるっとしたステンレスの裏蓋で覆われている。もう片方はガラス張りになっていて中が見えるようになっており、よくわからない機構がうじゃうじゃしている。

「だって、時計って時間を見るためにあるでしょ。時間が合ってたらそれでいいじゃない、似てるし。何が悪いの」

ふたりが首を横に振る。

「どちらが悪いとかそういう話ではない、時計というものはだな――」

はいはい、とアキオとジャンがふたりして何か言っているのを適当に片付ける。

アキオが、ふうっと息をついた。

「千穂さん、お願いがあるのですが。この時計について、わたくしどもに説明させていただいても構いませんでしょうか」と言う。「藤子に中の違いを見せたくて」

千穂が快く「いいですよ。ぜひ。わたしも見たいです」と言う。

「この時計の元の持ち主であるお母様は、時計がお好きな方ですね。それも、かなりの」

千穂がうなずく。

「わかりますか。そうなんです。それ、どうやらすごい時計らしくて……」

「トーコ。見て。ここ、とても美しい」

ジャンの頬《ほお》が上気している。何やら、ピンセットの先で部品を指しているが、中は何がどうなっているのかはわからない。

「すばらしいな……」「うつくしい」「優雅な形だ。なんと美しい曲線……機能美……」

首をかしげる藤子を前にして、男ふたりが目をキラキラさせている。

「スワンネックだ、藤子……ほらこの部品を見ろ。この曲線、レマン湖に一羽浮かぶ、美しい白鳥の首のように気品のあるこの佇《たたず》まい。ああ、なんという奥ゆかしい色気であることか」

ピンセットの先で指すところ、そういえば、むにゅっとUの字みたいに曲がった部品がある。言われてみれば白鳥の首に見えなくもないが、アキオの謎《なぞ》の性癖に、内心かなり引いた。

「このスワンネックは、緩急計だ。つまり時の流れを正確に刻むための部品、テンプの速度を微調整するためのパーツになっている。スワンネックは組み立ても調整も難しいんだ、そこらの職人が簡単にできるものではない。高級時計の証《あかし》とも言えよう。そして！　ここ！　このチラネジ！　見て！　このチラネジを」

チラがどうしたというのだろう。見れば、さっきからずっと止まることなく、小刻みに行ったり来たり動いている丸い部品がある。その外周に、よく見れば本当に小さいネジみたいなものが、ぽつぽつといくつもついているのはわかる。

「このチラネジは、テンプの回転速度調整用のネジだ。これは職人がひとつひとつバランスを調整しながらつけていく。バランスが少しでも崩れると、うまく回らなくなる。こういったバランスの調整方式こそ、時計それぞれが持つポリシーとも言えよう。この美しいテンプ……ああ、このまま一日中眺めていられる、このムーブメントの微細な動きよ……時計は小宇宙……」

「ふーん。ところで、電池はその丸いところの下？」

アキオが力なく首を横に振る。

「藤子……これには……電池はない……」

ジャンが上を指した。「トーコ。同じです。上の、大時計」

「あの屋上の大時計は、おもりをゆっくり落とすことで動くだろ」

あの大時計は扱いが大変だったのだ。今も一週間に一回は、おもりを屋上までせっせと三人で巻き上げている。

「ああいうおもりを、腕につけるのは難しいだろ」

まあ。たしかに。あんなのが腕にぶら下がっていたら、ぶらぶらしてうっとうしいことこの上ない。

「だから、おもりの代わりに――」言いながら、時計の一点を指す。「この香箱《こうばこ》という小さくて丸い箱の中に、ぐるぐる巻きになった金属のゼンマイが入っている」

そう言うと、そばに出してあった付箋《ふせん》を一枚とり、きつく巻いて、渦巻きを作った。

「この時計は手巻きだから、このリュウズを手で巻くだろ。するとこのゼンマイが香箱の中で芯《しん》に巻き付けられたようになって、力が蓄えられる」言いながら、付箋の巻きを強くした。ゆっくりと指をはなす。

「ゼンマイは、ゆっくりとほどけていく、そのかすかな力が、ケースである香箱を押す、歯車をひとつ動かす、その歯車がとなりの歯車を動かす、どんどん動かしていって、そして最後に針を動かす。そうして機械式時計は、正確に時を刻んでいくのだ」

アキオが、付箋の渦巻きごしにこちらを見て、どうだ、という顔をしている。

藤子は、ミネルヴァの裏をまじまじと見てみた。

電池がないのに、ゼンマイひとつで動き続けている。そう言われて機構を見てみれば、なんだか不思議な気分になる。心臓がずっと打っているみたいに。

「じっと見ていると、なんだか生き物っぽくも見える……」

「そうだ。俺たち時計職人が組み上げて、時計が動き出すその瞬間、ああ今、この時計はこの世に生まれたって思うんだ」

ジャンもうなずいている。

「動くとき、とても嬉《うれ》しいです」

機械式時計か……藤子は思う。よく考えたら、この小さな中によくぞこんなにも部品を詰めたものだ。

「ちなみに、このミネルヴァは手巻きだけれど、ジャンと俺のは自動巻きだ」と、アキオが言う。

ジャンが「トーコ。僕の時計、見て」と言いながら、青い文字盤の時計を外して見せてくれた。「俺のパネライも見るがいい」とアキオも言う。やっぱり裏がガラスになっていて、中が見える。やっぱり綺麗な石がはまっていたりして、何かが休みなく、チラチラ動いているのも同じだ。

「自動巻き時計は自動巻き時計で美しいが、自動巻きは、ローターによって内部の機構が少し隠れてしまうのが惜しいところだ」

アキオが惜しそうに指さす先には、たしかにふたつとも、半円形の部品が見える。

「歩くと……この部品が動く」と、ジャンの時計を動かして見せてくれる。そこだけ金色の、太陽マークのついた半円形の部品が回った。「自動巻きの時計をつけて歩いたり、日常をすごしたりしていると、このローターの部分が動いて、自動でゼンマイを巻いてくれるしくみだ。しかし時計という物は美しいな……美しいだろ」

アキオが時計の裏を眺めながらうっとりと言う。

「ちなみに俺の時計は、パネライの、ルミノール1950 テンデイズ オートマティックGMTチェラミカで、ジャンのは、ヴァシュロン・コンスタンタンのオーヴァーシーズ・オートマティックだ」

「へえ」長い名前だ。

「藤子、もっとこうさあ、時計屋らしい反応をしような」

なぜだかジャンが笑っている。

「あと、藤子、見ろ。時計というものはな、見えないところにも、こんなにも美しい仕上げをしてあるのも素晴らしいところだ」と、アキオが千穂の持ってきたミネルヴァの裏側を示した。たしかに金属の部品には、表面に綺麗な縞《しま》模様が見える。

「ミネルヴァの部品の、この美しい縞は、コートストライプ。この縞を等間隔で、こんなに綺麗に入れるには、熟練の技がいる。専門の職人が、ひとつひとつ手作業で仕上げるんだ。難しいんだぞ」

普通に、機械か何かでやっているのかと思いきや、手作業だとは。

「この小さな部品もすべて、ひとつひとつ手作業で面取り加工するんだ、見ろこのエッジ。地板の仕上げも凝《こ》っている。ここに宝石があるだろ、このルビーもただの飾りじゃない。金属の摩耗《まもう》を防ぐため石を入れている。もうこれは芸術品だ。時刻もわかるという便利な芸術品なんだよ」

「でも裏側は、時計をつけてるときは見えないじゃん」

「……まあそれはそうなんだが。俺はロマンの話をしているんだ」

そばで聞いていた千穂さんが、「これだけ複雑な機構なんだったら、オーバーホールにもお金がかかるのが、わかるような気がします」と小さな声で言った。

藤子も、オーバーホールについてはなんとなく知っていた。中の掃除をして綺麗にするものだ。母からの引き継ぎ通り、希望するお客さんがいたら外注に出すつもりでいるけれど、まだお客さんの中で頼んでくる人は誰《だれ》もいなかった。

「しかもこの時計、アンティークの部類に入るようなので、どこでもできるわけではないようなんです」と千穂さんが言うので、耳元でこっそりオーバーホールにかかる値段を聞いてみる。すると、オーバーホールだけなのに、なかなかの値段でびっくりした。引き継ぎで聞いていたオーバーホールの値段よりも、ずっと高い。ただの掃除のはずなのに、ちょっとした温泉旅行だったら行けてしまうくらいの金額だ。

「それも、調べたら、定期的にオーバーホールが必要だとか」

「そうですね、大体三年から四年をめどにおすすめしています」

アキオが言う。

「そもそも、オーバーホールって、しなかったらどうなるの。掃除くらい、別に大丈夫じゃない？　こうやってガラスもぴったり閉まってることだし」

「ぜんぜん大丈夫じゃない」アキオが真剣な顔になる。「時計が死ぬ」

そう言って、アキオがミネルヴァの裏を指さした。

「時計のケースの中では、こんなにも細かい部品が休みなく動き続けている。数にして三百を超える部品が動いているんだ。油も経年劣化するし、金属と金属がこすれることで、かすのような物がどうしても出てくる。そのままだと絶対に、絶対に壊れる。だから、全部の部品を取り出して洗浄して、油も洗い流し、また新しい油を使って組み上げて調整する。注油する場所だって百カ所以上ある。たとえばここ、次にここ。油の粘度も違うものを使う」

アキオが、指先で注油する場所を指した。

「作業は時間にして、そうだな……八時間くらいだろうか。でも、メーカーにより、手順にも細かい規定があって、一工程にかける時間が厳密に決まっていたりする。本国に送って調整しなければならない物もあるから、かかる期間は、数ヶ月から、物によっては半年くらいはかかる」

「その間はどうするの」

「別の時計を愉《たの》しむ」

　アキオは当然のように言う。

「えー。絶対やらなくちゃだめ？」

「絶対にだ」アキオは断言して、時計をそっと千穂の手に戻した。小さな鳥のひなを巣にかえしてやるような、慈《いつく》しむような手つきだった。

「でも、オーバーホールをしっかりしておけば、この時計は、彼のお母様が千穂さんに託したように、千穂さんの孫の代までずっと使えます。機械式時計ならではの良さと言えるでしょう。IWCというメーカーでは、摂氏《せっし》二千度にも耐えられる金庫に、時計の全部品を保管しています。廃盤になった部品も含めてです。これも、時計に愛着を持って、長く愛して欲しいという気概の表れです。機械式時計は、今、この時刻を表すものですが、いまよりずっと先の、遠い未来をも見据えているんです。人生の、よき相棒となることでしょう」

千穂は、手の中の時計に、視線を落とした。

「そうですか。オーバーホールの値段が、あまりにも高すぎるような気がして驚いていたんですけど、長く使うためには必要なことなんですね」

うなずいて、アキオは続ける。

「機械式時計に関しては、〝壊れた。じゃあ、全部、新品と交換しよう〟ということはあり得ません。全部交換して新品になってしまった時計に、果たして前と同じ愛着は湧《わ》きましょうか。私ども時計職人は、オーバーホールのときには、その持ち主の方の身体《からだ》の癖などに合わせて調整します。たとえばデスクワーク中心の方と、ビジネスで世界中を飛び回るタイプの方とは、同じ時計でも内部はまったく違ってきます。時計と対話するような気持ちで作業を行うのです」

愛着か……そういえば、身の回りのもので、愛着を持って使うものって、あまりないなあ、と藤子は思い返していた。スマホは三年ごとくらいに買い換えで、中のデータを移してしまえば即、下取りに出してバイバイだし、電化製品だって壊れたら捨てて新しいのを買う。長く大事になんて、考えたこともなかった。

「時計は、子供の、子供にもあげられます」

ジャンも言う。

「厳密に言えば、〝同じ〟時計は、ひとつたりともありません。人の思い出が皆違うように、時計もまた、さまざまな記憶と思い出を持つのです。時計についた傷も、残すのか消すのかを、きちんと持ち主に確かめます。プロポーズしたときについた、思い出の傷かもしれませんからね」

「アキオやってよ。オーバーホール。晩ご飯に、鶏《とり》の唐揚《からあ》げつけるからさ」

だめもとで頼んでみる。

「千穂さんのためにして差し上げたいところだが、ここでは設備がないから無理だ。洗浄機もいるし、ケースを磨く機械もいる」

「わかりました……」と千穂は言った。

「スイスの僕の家で、できます」と、ジャンが言うも、「いつもそうやって、ジャン君に個人的に甘えるわけにもいかないもの」と断って、「でも、ありがとうね」と言っていた。

ここに来て、もう一方、机に残された方の時計が気になった。

機械式時計の針が、なめらかに動くのに対し、クオーツ時計の針は、ぴくっ、ぴくっ、ぴくっ、と動いている。

「こっちのセールの時計は、電池交換だけだっけ。オーバーホールってしないよね」

千円で買った時計なのに、何万もするオーバーホール代が別にかかったら大変なことになってしまう。

「厳密に言うと、クオーツ時計でもオーバーホールは要る。内部に複雑な機構があるのは、機械式時計もクオーツ時計も同じだからだ。でも、千円で買った時計に何万もかけてオーバーホールする人があまりいないというだけのことで、何年も大事に使いたいクオーツ時計には、オーバーホールは当然必要だ」

クオーツという言葉がまた出てくる。聞いたことはあるけれど、どんなものが中に入っているのかは、よくわからない。

「あのさ、クオーツ、クオーツってよく聞くけどさ。クオーツってのは具体的に何なの」

ジャンとアキオが、うむ。と目を合わせてうなずいた。「藤子がようやく時計に興味を……」

見た目にはそっくりの時計が二つ並んでいて、ひとつは千円、もうひとつはその数倍、いや数十、数百倍の価格となる。同じ時間を指している時計なのに、この価格の差は何なのだろう。

「クオーツとは、石英、平たく言うと水晶のことだ」

水晶……ネックレスとかのあれか。

「水晶というのは、一定の電圧をかけると、とても規則正しく振動するという性質を持っている。その振動を利用したのがクオーツ時計」

アキオが、そばにあった電卓に、32768、と打ち込んだ。

「何この数字。値段？」

「違う。それが水晶の振動だ。３２７６８Ｈｚ《ヘルツ》」

はあ……としか言えない。

「藤子、二で割れ」と言うので、言われたとおり電卓のボタンを押して、二で割る。「また二で割れ」と言い、それに従う。「アキオ、あのさ、これ何を……」「黙って二で割るように」と言われ、何回かそれを繰り返した。だんだんと数字が小さくなる。

ついに、数字が、１となった。

「藤子。それが一秒だ。今、藤子は水晶の振動を十五回、二で割った。ＩＣ回路が水晶の振動を計算して、一秒の信号を割り出す。一秒分に達したら信号を送る。そうしてクオーツ時計は、目に見えない時を計るんだ」

藤子はこの時計店にある時計を見回した。これらの時計ひとつひとつに、小さな水晶が組み込まれている。そしてそれは、静かに振動しつつ正確な時を刻むのだ。そう思うと、いきなり店の中の眺めが神秘的に思えてきた。

「セイコー。クオーツアストロン３５ＳＱ」

ジャンが感慨深げに言った。さすがに、セイコーなら知っている。アストロン何とかはないけれど、うちにもセイコーの時計は置いてあって、よく売れる。

「一九六九年のクリスマス。あれはまさに数百年に一度の革命だった。時計界は一変したんだ。地球に氷河期がとつぜんやってきたくらいのショックを、全世界の時計職人がうけただろう。セイコー・クオーツアストロン35SQの登場によって」

一九六九年というと、昭和四十四年。藤子もまだ生まれる前の話となる。時代で言うと、まだ父の母である、おばあさんがこの店をやっていた頃だ。

「クオーツ時計の素晴らしいところは、狂わない、というところだろう。あと、圧倒的な省エネルギーであるということも利点に上げられる。スイス中の全国民が一斉にクオーツ時計を使っても、100ワットの電球一個分の電力よりもはるかに少ないと言われているくらいの省エネルギーだ」

アキオは時計の針を指さす。

「ただ、クオーツの特徴として、針を動かす力はとても弱い。だから、この特徴のある針の動きになる。こち、こち、こち、と動いて止まる。機械式時計のように、針をなめらかには動かせない。しかしその省エネルギーのおかげで、電池交換は二、三年に一回となった。十年の間、保つという時計もある」

さっきの時計を思い出す。電池交換が二週間に一回とかだったら、わずらわしくてたまらないだろう。

「手で巻く必要が無く、省エネルギー。しかもほとんど誤差はない。正確だ。安価に大量生産できる。クオーツ時計というものは偉大な発明だよ。時計の精度を高めることを目標にしていた当時のスイスの時計職人のうち、その多くは工具を置いてしまったということだ。クオーツ時計を前にして、もう手巻きの機械式時計には勝ち目はないと。当時十五万人いた時計職人は、三万人にまで減った。スイス時計の冬の時代だな、それくらいの衝撃だったんだ」

「じゃあ、ジャンとかは、今見ても、セイコー憎しって思ったりするの？」

　ジャンが当然生まれる前の話だけれど、ジャン一族の会社も、当時は大打撃を受けたのかもしれない。

　アキオが訳してやっている。ジャンは笑って、「いいえ」と言い、首を横に振った。「セイコーは、Manufacture《マニュファクチュール》」

「そう。完全マニュファクチュール。時計ブランドは世界に数あれど、部品製造から組み立てまでのすべてを自社工場で一貫製造できる、完全マニュファクチュールのブランドは数えるほどしかない。さっきの話にも出てきたゼンマイなんだが、これを安定して作るのはとても難しい。多くの時計ブランドが、ヒゲゼンマイを売っている会社からゼンマイを買って組み込んだり、中のムーブメントも、ムーブメントを売っている会社から買って組み立てたりしている。まあ、得意なメーカーが得意な部品を作ったら良いという考えもあるし、その分、価格も抑えられるから悪いことではないけれど、全部の部品を自社で作成できる、完全マニュファクチュールのブランドは、世界でも別格の存在として、尊敬をあつめる」

「時計は、クオーツも、機械も、うつくしいです」

アキオが何かを思い出したようだった。

「そうだ。ジャンもセイコーの時計持ってたよな。あれはクオーツではなくて、機械式時計だけど」

「僕は、FUGAKUを、お誕生日に買いました。スイスの家にあります」と言う。

「北斎《ほくさい》の富嶽三十六景ってあるじゃないか、大波の絵。時計の文字盤にその大波が、立体彫金の超絶技巧であしらわれていて、とにかく色も何もかも綺麗なんだよな」

しかし、日本の会社であるセイコーが、世界に大影響を及ぼすくらいの、そんな発明をしていたとは。

「今なら百円で買える時計だってあるだろ。それはクオーツ時計のおかげなんだ」

「ちょっと待って」藤子が言う。「じゃあ、クオーツ時計は、正確で狂わない上に、安い」

「まあそうだな」

「じゃあさ。機械式時計って、この世にいらなくない?」

それを聞くやいなや、ジャンがぺたりと机に伸びてしまった。

「ほら見ろっ、機械式時計の存在を全否定するから、ジャンから魂が抜けた……」

「ああごめん。ごめんジャン。いや、まあ、確かに見た目かっこいいけど、つけてるとあんまり中は見えないし、かっこいい以外の良さがあんまりわかんない」

「時計だぞ。かっこいい以外に何の理由が要るのか。あと、電子回路には寿命がある。孫の代までというわけにはいかない」

「そうだけどさあ……」

「時計の精度にこだわるのならば、クオーツで正解だろう。でも、そこ以外の部分だ。たとえば機構の美しさとか、精巧さとか。そういった精度以外の部分に価値を見いだすことで、俺たちは飯を食っている。どちらを選ぶにしてもメリットとデメリットはある。どこに重きを置くかだ。それは個人の好みであり、哲学でもある。どんな時計も良し悪《あ》しはない」

「クオーツと、機械式ねえ……」藤子がつぶやく。

じっと考えていたらしき千穂が、口を開いた。

「あのね、実は、もう、やめようかと思っていて……」

「何を。時計を？」

「ううん。お付き合い自体を」と言うから「えええっ！」と変な声を上げてしまった。

「なんで。なんでまた。上手《うま》くいってるじゃない」

千穂は、力なく笑った。

「わかってるの、今の彼みたいな出会いなんて、そうそうあるわけじゃないし、たぶんわたしの人生で、こんなに素敵な人に出会えるのは、もうこの一回きりだろうなって」

「じゃあ、なんで……」

「彼の家に行ってみて思った、やっぱり、全く生活環境が違うから、価値観も違いすぎるんだと思う。わたしも、藤子ちゃんと同じく、そんなに高価な時計は、自分には必要ないかなって思ってて。大学で教えているとはいっても、お給料なんて本当に慎《つつ》ましいものだし、この時計も、とてもいいものだけれど、実際、わたしの身分には不相応な時計なんだと思う。経営者なら、そんなに時間に追われなくてもいいかもしれないけど、わたしは勤め人だから、時間ぴったりじゃなくてはいけないし」

「いやいや、でも。ゆくゆくは結婚したら、お財布は一緒になるわけだし、お勤めもそんなにしなくなるかもしれないじゃない。それに、時計のオーバーホール代なんて、すぐに出してくれるって。彼におねだりしてもいいと思うし」

千穂は、笑って首を横に振る。

「藤子ちゃん……わたしは、そういう、ねだったりするのが、どうも苦手なの。なるべくなら、自分の身につける物くらいは、自分の稼いだお金でなんとかしたいし、自分で維持したい」

生真面目《きまじめ》な、千穂らしいといえば、らしい。大学と大学院だって親に一銭も頼らず、塾のアルバイトと奨学金で行ったのだ。今も返済は続いているという。

「ねえ、〝白い象〟って知ってる?」

突然、千穂が、妙なことを言い出す。

アキオが訳してやると、ジャンは、じっと千穂の顔を見た。

「タイの逸話らしいんだけどね。王様が、臣下に、白い象を贈り物として与えるの。白い象って、珍しいじゃない？」

「ラッキーな話、ってこと？　よくやったな、偉いぞって」

「一見、そう見えるでしょ。でもね、その白い象の贈り物は、王様が、嫌いな臣下にするの。象って、食べ物もたくさん食べるし、世話する手間もとてもかかる。臣下は、白い象の世話に、ものすごくお金と時間を割かなければならない。王様からの贈り物だから、売り飛ばしたり、誰かにあげるわけにもいかない。一度白い象を受け取ったら、臣下は、破産するまで、白い象を世話し続けなければならないの。そういう嫌がらせの話。そんな話も思い出しちゃった」

「まさか。この時計が嫌がらせだとか。考えすぎだよ……」

「うん。とてもいい人よ、お母さんも彼もみんな。でも、そんなふうに、ひねくれたことだって考えちゃうくらい、育ちも何もかもが、違いすぎるんだなあって思って」

千穂はうつむいてしまった。「そんなふうに思えてしまう自分が、惨めなの」

みんな、何も言えず、ただ黙っていた。

「わたしね、正直、身につける物にお金をかけることに、抵抗があって。ほら、藤子ちゃんも知ってると思うけど、わたしは母から、ことあるごとに〝あなたは不細工なんだから、勉強だけはできるようにしなさいね〟って、言われ続けて育ったじゃない」

思い出した。たしかに、千穂のお母さんは、美容院で接客をしながら、父親似の千穂の外見を、しょっちゅう話のオチみたいに持ってきて、笑いを取っていたのだった。千穂も、それを聞くと「もう、お母さん」って、みんなに合わせて笑っていたけれど、実は、心の中では涙を流し続けていたのだとしたら。

「足首も手首も太いし、目も小さいくせに、口と顎《あご》が大きくて、確かにバランスも悪いしね、母の言う通りよ。今は母とは別々に住んでるし、もう若い娘さんでもないんだけど、何か素敵なものを買おうとしたら、いまだに、母の言葉が耳元でするような気がするの。〝お前は不細工なんだから、おしゃれしたりして目立つと滑稽《こっけい》になるよ〟とか〝お化粧なんて恥ずかしいからやめなさい。しじみみたいに小さい目が、よけいに小さく見えるわよ〟とか」

千穂が、すっと表情をなくした。

「だからね、怖いの。あの、映画に出てくるみたいな素敵な家族の一員になることも。身分不相応な、こんないい時計を持つことも。〝あんたにそんな時計、似合うはずない〟って、ずっと母に耳元で言われているような気がして――」

「それは違います」「Nein, Nein, Nein!」と同時にアキオとジャンの声が響く。

アキオが、千穂に向き直って、千穂の目をじっと見つめた。

「千穂さん」いままでになく、真剣な目をしている。

「私は、美しさとは、その人の佇まいであると考えます。人は一枚の絵ではないのです。婚約者の方も、千穂さんの知性や、お仕事の面で、いままで培《つちか》ってきた自信に惹《ひ》かれたのではないでしょうか。女優やモデルに求める絵的な美しさと、一緒に人生を歩んでいく人に求める美しさは違います。千穂さん。貴女《あなた》は美しい」

となりでジャンも何度もうなずいている。「うつくしぃです」

真面目な顔をしたアキオとジャンに、面と向かって言われて、千穂はどんな顔をしたらいいかわからない様子だった。

アキオは大きく腕を広げた。

「服装は思想です。時計もまた、そうであると言えます。なぜ数ある時計の中からひとつを選んだのか。そこにその人の思想が表れるのです。普通の女子高生が制服にブランド物の鞄を――たとえば、エルメスのバーキンを持っているのは、確かに身の丈《たけ》に合っていないと言えるでしょう。鞄だけが、その存在から浮いてしまう。ですが、その人の格に合うよう吟味された逸品は、最大の効果をもたらします。自信と、勇気です」

千穂は、うなずいて、何かをじっと考えているようだった。

確かに。相手のお母さんが、こういう機械式時計をポンとくれてしまうようなセンスの持ち主ならば、千穂が気後れするのもわかる。かたや千円のセールの時計と、年がら年中同じ服だ。ちょっと卑屈になる気持ちもわからないではない。

ジャンが、持っていた電子辞書に何かを打ち込んだ。千穂に、その画面を見せる。

千穂が、その文字を読み上げた。

「お守り……？」

「時計は、お守りです」

ジャンが言う。

「そうよね。確かに、時計はお仕事のときにもつけていけるしね。ありがとうジャン君」

千穂がちらりと壁の時計を見た。じゃあ、そろそろ、という顔になる。

「今日はいろいろありがとう。ちょっといろいろ考えてみる。じゃあ、またね」と、寂しく微笑《ほほえ》んで千穂が帰っていくのを、三人で見送る。

朝、「屋上の鍵《かぎ》を貸してくれないか」とアキオが言うので、出してやると、荷物を置いていいか、との話。「別に屋上は使っていないから自由に使っていいよ」と言うと、アキオはせっせといろいろなものを運び上げたようだった。

何をしているんだろう、と気になって屋上まで覗《のぞ》きにいったら、アキオはダンベルを持って筋トレの最中だった。「藤子もやるか」と言うので、ひとつ持たせてもらったが重くて諦《あきら》めた。

数日後、藤子が店番をしていると、千穂がやってきた。

なんだかすっきりとした顔をしている。

「あのね、あれからいろいろ考えて、やっぱり、時計はお返ししてきたの」

そう……としか言えなかった。

「結婚の話も、ひとまず無期限の保留ということにしてもらった。ひとりでいろいろ考えたくて。でも、もう実質的なお別れになっちゃった。彼、来月からイギリスに長期出張に出るの」

なんでこういうことになってしまうんだろう。藤子は思う。イエーイ玉の輿だあ、って喜んでハイハイ何でももらって、ずうずうしくあれこれねだりまくるような女の子も普通にいる中、真面目で堅実な千穂が報われないのは、やりきれない。このまま距離も離れてしまえば、気持ちだって離れてしまう。

千穂のお母さんは、意識的にせよ無意識にせよ、娘に呪《のろ》いをかけてしまった。自分から、幸せから遠ざかってしまうような呪いを。

どうやったら、この呪いが解けるのだろう。藤子は、必死で考えを巡らせる。お相手の家に話しに行くか。無理だな。もう一度、千穂を説得してみるとか……

「彼に、話はしてみたの？　自分の気持ちとか。本当は今、どう思っているかとか」

「ううん。彼も忙しいし、大事な時期だから。そんなわたし自身のくだらない話なんか、聞かせてられないでしょ。ただ、もう疲れちゃったからって言った」

くだらなくないはず。うまくは言えない、でも、ただこのままで終わってしまうのは、あまりにもやりきれない気がする。みっともなくてもいいから、もっとあがいてみたらいいのに。藤子は思う。

「もう一回だけ会ってみるのはどう」

「もういいの。迷惑かけたくないし」

こんなときまで優等生なんて悲しすぎる。

「深刻な顔しないでよ。藤子ちゃん、わたしはもう大丈夫だから。彼にも、そうか、千穂さんは強いからねって言われた。もう大丈夫」と、千穂はどこか晴れ晴れした顔で言う。

「でね」と、千穂が左手首を見せてきた。

「見てよ。わたしの人生、初の衝動買い」

見れば、真新しい時計が手首にあった。

「これ、彼と別れて来た帰り道で買っちゃった。結婚資金の予定だったお金の中から、一気にばーんと」

「ええっ」

セイコーの時計だ。グランドセイコー、とある。うちにはない、高級ラインの時計らしい。文字盤は、薄くクリームがかった白でシンプル、品がある。女性の時計は総じて、小さくていかにも女らしい、華やかなデザインが多いのだけれど、その時計は大ぶりで凛々《りり》しく、前から持っていたかのように千穂になじんでいた。無駄はひとつもない、時計らしい時計だ。

「アキオさんとジャン君の時計の話を聞いているうちに、なんだか気になっちゃって。セイコーの時計って、どんな時計なんだろうって、見るだけ見に行ってみようかと思ったの。ただのひやかしに。半分ヤケでね」

聞いてみれば、銀座のお店だという。

「お店に入るまでに、もう緊張しちゃって。わたし実は、今までずっと服屋さんに行くのも怖くて、服も靴もぜんぶ、通販で買ってたのね。でも、お店の人といろいろ話しているうちに、わたし、ここで意外と、きちんと扱われてるんだなあと思って。時計、良く知らないんですって言っても、〝ようこそいらしてくださいました。最初の店に当店を選んでいただいて光栄です〟って」

服を新しく買ったりするのは楽しみのひとつでもあるけれど、千穂はそれすらも怖いくらい、傷ついていたのだな、とちらりと思った。

「その時計屋さんに行くまで、〝うちはそういう、時計のことを知らない素人はお断りです〟ってバカにされるのかと思って心配だったから、かえって拍子抜けしちゃった。なんだ。お店、怖くないやって。行くまで、買うつもりなんてひとつもなかったのにね」

千穂はそう言って笑う。

「もう、気が付いたら買っちゃってた」

その時計の針は不思議だった。針の動きのなめらかさが、なんだか今までに見た他の腕時計とは違う。少しも止まることなく、すーっと動き続けている。なんと美しい動きだろう。見ていると時間を忘れて見入ってしまう。

「自分で身につける物ひとつに、こんなに高い買い物したの初めてで、お会計するときちょっと手が震えそうになっちゃった。間違いなく、自分史上で一番高いわ」と笑う。

近くで見せてもらう。薄いクリーム色の文字盤に、日付表示と針があって、左下に何かのメーターのようなものが付いているほかは何もない、いさぎよいデザインだ。

「値段を聞いてちょっとびっくりだったけど、このチャンスを逃したら、なんか、今までの自分に負けちゃうみたいな気がして。今まで、いろいろあったけど、よくやってきたじゃない、自分って、ねぎらいたくもあって。というわけで、人生、初めての贅沢《ぜいたく》」

千穂は、そっと時計に指を触れた。

「でも。買えてよかった。まだドキドキしてる」

裏も見せてくれた。半円形の、自動巻きのローターがあり、精密機構が美しく見えている。心臓が打っているみたいに、中の部品も小さく動き続けている。

「身につけていると、本当にこの時計が相棒みたいに思えてくるの。左手首にしているから、いつでも目に入るしね。ジャン君が言ってた通り、お守りみたい。これからも、仕事も学会発表も頑張らなくちゃって」

それからしばらくして、千穂は帰っていった。

左手首にした時計は、本当によく似合っていた。

アキオは、――その人の格に合うよう吟味された逸品は、最大の効果をもたらします。自信と、勇気です――と言っていた。

千穂は、自分のためだけの買い物が、やっとできたんだなあと藤子は思う。

結婚資金が時計になってしまったわけだけれど。

もうすっかり吹っ切れたような千穂の顔を思い出す。藤子は聞きたかった言葉をずっと飲み込んだままでいた。

でも、ほんとうに千穂さん、それでよかったの。そんなふうに、何もぶつからないまま、彼と別れてしまってよかったの――

アキオは体格もありよく食べるので、さすがにタダでは気が引けると言い、ふたり分の食費をもらって毎日の夕飯を作ることになった。最初「一万円で足りるか」というので、一週間分かなと思ってもらったら、毎日くれるので「そんなにあっても使い切れない、一週間一万円でいい」と言ったら、すごく驚いていた。〝日本はスイスよりそんなに物価が安いのか〟なんて。

中華鍋《なべ》にサラダ油を。玉ねぎやらニンジン、ウインナーなどいろいろ炒《いた》めて、バターを山ほどスプーンですくう。今日は中華鍋で一気にケチャップライスをたくさん作った。ももやもやを吹き飛ばすように、鍋を振ってパラッパラに仕上げる。気持ちがもやもやしたときには、豪快に何か作るのにかぎる。皿に大きく三等分する。上に、卵をひとパック全部使って、ホカホカのオムレツを載せた。

食卓で、おもむろにケチャップを取り出す。

「見ててね」

ひらがなで、卵からはみだすぐらいに名前を書いてやるとジャンが喜んだ。

「えー、待って、俺にも名前書くんだ」とか言って、アキオが照れ笑いする。「トーコのは僕が」とジャンが言うので、書かせると「とおい」になっている。「こ」と「い」の角度が難しかったらしい。

ブロッコリーのサラダもつまみながら、ジャンとアキオに今日の顛末《てんまつ》を話す。結局、例の機械式時計は返してしまったこと。千穂さんと彼はぎくしゃくしたままお別れして、日本とイギリスに遠く離れ離れになってしまい、もう会えないだろうということも。

「……そんなふうに、別れるときにも相手に迷惑にならないようにとかって、千穂さんはいい子すぎるんだよ」

　ため息をつく。

「結婚資金も時計になっちゃったし」と言うと、どんな時計を買ったのか、ふたりとも気になるようだった。

「時計はなんですか」

　ジャンが聞く。

「裏も見せてもらったけど、グランドセイコーっていうブランドの、自動巻きの機械式時計みたいだった」

　藤子は、千穂が思い切って買ったのが機械式時計だというのが、ちょっと意外に思っていた。

「そのグランドセイコーの文字盤には、左下に、何かメーターのようなものがついていたか」と、アキオが分度器のようなマークを指で描いた。

「あった。そのメーターがあった」

　ジャンとアキオが何かを話し合う。「スプリングドライブ」と言って、ふたりとも納得したようにうなずいている。「なるほど」

　何が、どうなるほどなんだろう。

「スプリングドライブって、何なの」

計のようだった。

「特別な時計だ。電池は使わない」

千穂の時計を思い出す。見せてもらった時計の裏も、機構がぎっしり詰まった機械式時計のようだった。

「となると、機械式時計ってことだよね」

「ちがいます」ナイフとフォークを綺麗に使いながら、ジャンが言う。

「完全な機械式時計ではない。かといって、クオーツ時計でもない、ふたつのいいところを合わせ持って生み出された、新しい時計なんだ。車にたとえるなら、ハイブリッドカーみたいな時計だ」

新しい、ハイブリッドカーみたいな時計。藤子は首をかしげる。

「スプリングドライブの針の動きは覚えているか」

アキオが聞いてくる。あの針は、本当に滑らかで、止まることのない不思議な動きをしていた。見たことのない動きだったのでよく覚えている。ジャンが、指でその動きの真似《まね》をしているが、まさに常に動き続けている、そんな動きだった。

「何か、すーって動いてた」

「そうだろ。クオーツ時計が、チッ、チッ、チッっていう動きだとしたら、機械式時計は、チチチチチチチ、と、一般的には一秒間に八刻み、滑らかながら針は小刻みに動いている。でもスプリングドライブは違う。どちらでもない動きができる。針を動かし続けることができるんだ。もしクオーツ時計で針をそうやって動かそうとしたら、すぐに電池は無くなってしまうだろう」

　アキオが、ゼンマイを巻く手つきをしながら続ける。

「スプリングドライブのゼンマイを巻くと、そのゼンマイがほどける力が発電ローターに伝わる。あの時計の中で、発電しているんだ。その電力がクオーツとＩＣに伝わる。ＩＣは正確にローターの速さを計算し、磁力のブレーキをかけて、ローターの回転を一定の速度に保つ。すると、針は機械式時計の上をいく、究極のなめらかな動きをしながら、精度に関しては、ほとんど狂うことのないクオーツの精度が出せる。しかも電池交換はいらないし、時計の機構も楽しめる。構想から実現まで二十年以上。世の中に時計は無数にあれど、セイコーが世界に誇る機構。それこそが、スプリングドライブだ。どこのメーカーでも簡単に作ることのできる物ではない。機械式時計の精度と、クオーツ時計の性能、その二つともの技術が世界最高峰ともいえるセイコーだからこそ、できた」

　あれは、そもそもおいくら万円ぐらい……と聞いてみて驚く。そんな値段だったら、もっとわかりやすいものだって買えるのでは。某ブランドとか、たとえばダイヤモンドがキラキラついたものとか。

「時計というものはだな、手首ひとつで、わたしはこういう人間です、こんなことを大切に思っていますという、内面や趣味や嗜《し》好性《こうせい》が映し出されるアイテムでもある。そこへもってくるのが、セイコーのスプリングドライブという選択。さすがは千穂さんだ」

ジャンもうなずく。「うつくしいです。とても」

アキオが、指で小さな丸を作った。

「以前は、女性の時計というと本当に小さなケースのものが多かった。でも今は違う。男物の時計を女の人も楽しむ自由な時代になった。新しい時代の女性にふさわしい」

アキオとジャンに、食後のお茶を注《つ》いでやる。

時計の件に関しては、千穂は確かによい選択ができたのだろう。でも。藤子は思った。もうすっかり吹っ切れたみたいに言っていたけれど、千穂は今だって、隠れてひとりで泣いているのかもしれない。

たしかに、誰にも頼らずに人生を歩んでいく新しい女性はかっこいいけれど、こんなときまで優等生じゃなくてもいいじゃないか。

もう少しで、うまくいくはずだったのになあ……どうしてこうなってしまったのか。

千穂は、藤子が高校を卒業しないままで家を飛び出したときに、会話のキーワードから居場所を探しあて、わざわざ大阪まで追いかけて来てくれたといういきさつがあった。休学扱いになっている高校は今すぐ戻って卒業すること。大学は奨学金もあるし、教育ローンだってある。手続きは手伝うから、今からでも東京に戻って、一緒に頑張ろうよと、ずっと励ましてくれていた。今から思えば千穂は、母親とそりが合わなかった自分自身と、家を飛び出した藤子の境遇を、重ねて見てくれていたのかもしれなかった。

あのときは、すべてが自暴自棄になっていたから――自分の将来なんてもうどうなってもいい、とにかく父のいる東京から離れたいという一心で、ひとり、大阪に渡った。

でも、二十四になって、当時より大人になった今なら、千穂の言っていたことがよくわかる。どうしてあれだけ必死になって、引き留めてくれていたのかも。

今となっては、何もかも、もう遅いのだけれど。

時間の針は巻き戻せない。

ふと手の中の湯呑みを見ると、茶柱が立っている。

「あっ茶柱だ」

「トーコ。何ですか」

「これはね、日本では、ラッキーの印なんだよ」

浮いた茶柱を見せてやると、ジャンが珍しそうに湯呑みを覗き込んだ。

「トーコは何のラッキーをお願いしますか。時計、欲しい？」

「時計？　時計じゃないよ」と笑って、少し考え込む。「わたしはとくに、かなえたい夢も、欲しいものもさ、とくに何もないんだけど……なんにも」

本当に、何も思い浮かばない。こんなに枯れていて、自分でもどうかと思うのだけれど、いくら考えても何も思いつかないのだった。二十四歳にして、余生を送るおばあさんみたいだ。

「でも、もしもね、この茶柱の分のラッキーを誰かにあげられるんだったら、千穂さんには、うまくいってほしかったなあって。ずっとずっと今まで真面目に生きてきて、せっかくいい人と、うまくいきそうだったのに」

黙って聞いていたジャンが、突然「アキと、僕が、直します」と言うので、何の話をしているのかと思った。どうやらそれは、ふたりの仲を直す、という意味らしい。

ジャンはまだ十七歳とあって、少年らしい無邪気な思いつきだと思う。人と人との間のこじれた縁も、表の大時計を直したみたいに、きれいに元通りに修復できたらどんなにいいだろうか。

でも、アキオとジャンがいくら腕利きの時計職人だとしても、人の縁までは絶対に修復できない。ジャンがどんなにお金持ちの息子だったとしても。

「ありがとうジャン。本当だね、ふたりの仲も、大時計みたいに元通りに直ったらいいのにね……」

カレンダーの所に、博物館での日本刀展示、と書き込みがしてあった。日にちが近づいているのだけれど、なんだか千穂にはこちらからは連絡しづらくて、そのままになっていた。千穂さん、どうしているのだろうと気にしていたら、その日の夕方、千穂が店に寄ってくれた。

「あれからね。偶然だったんだけど、彼と会えたの」

心拍数が高まる。穏やかな千穂の視線からは、それが良いニュースか、悪いニュースか読みとりにくい。

藤子は、緊張しながら、ただ話の続きを待った。なんだか、面と向かって聞いてしまうのは怖くもあって、「あ。待って。お茶入れるね」と席を立つ。

お茶の葉をきゅうすに入れていると、背中から声がした。

「ふたりとも、初めて腹を割って話したというか――」

そのまま手を止めた。

「自分のコンプレックスの部分も、さらけだして彼には話すことになっちゃって。時計の件も、母との件も、全部含めてね」

その結果、どうしてもと向こうに乞《こ》われて結婚することになったようだ。姑も、これほどしっかりした娘さんなら、すべてを任せられるとなり、ぜひに、という話になったそうだ。千穂は、「人生で一回くらい、こんな風に熱烈に追いかけられるのも、まあ、悪くないかも」と笑う。

藤子は力が抜けて、いつしかちょっと涙ぐんでいる自分に気付く。

「よかった……このまま千穂さん、あっさりお別れしちゃうのかと思ってたから、本当によかった」

「やだ、藤子ちゃんが泣いてどうするの」

お互いにちょっと、もらい泣きみたいになってしまう。

「この時計、本当にお守りみたい。なんだか急に、いろいろなことがうまく回り出したような気がするの」と、千穂はそっと左手首の時計に触れる。シンプルな服には、そのグランドセイコーが、とても品良く似合っていた。

風はまだ涼しいけれど、空はもう夏の雲らしくなってきた。三人ともTシャツで、藤子は首にタオルを巻いて、氷を入れたバケツに飲み物をたくさん入れ準備する。定休日の月曜は、おもりの巻き上げの日だ。屋上への扉を開け放って風を入れる。

三人で大時計のおもりを交替で巻き上げながら、藤子は興奮気味に千穂の話をしていた。

「もう、話、聞いていると、すごくロマンチックだったんだよ。ねえふたりとも聞いてる?」

ジャンが笑ってうなずいている。

「なんと、子供の風船が木に絡まって取れないのを、千穂さんが取ってあげようとしていたら、そこへ偶然、彼が通りかかったんだって」

「へえ。すごい偶然じゃないか」と、アキオが驚く。

「それも、渋滞でルート変更したタクシーを降りて、公園の中を突っ切ろうとした彼がだよ？　この広くて、人が山ほどいる東京で、こんな偶然って本当にあるんだね。千穂さんも驚いてた。夕日の中、ふたりが、木の上と下で、再び出会う。もうこれは運命だったんだなあって言ってた。彼もそう思ったみたい。そうだよ、運命としか考えられない」

「お守りです」

ジャンが大時計のハンドルを十巻き分、巻き終えて言う。こうなってみると、本当にあのグランドセイコーの時計は、幸運を運んでくるお守りだったのかもしれない。

「トーコ。スプリングドライブ、トーコも欲しい？」と言うので、「いや。そんないい時計は、まだまだ買えないよ」と笑った。

「トーコの時計は、僕が作ります」

アキオがジャンに向き直った。焦ったように、何か早口で言っている。

「いいよいいよ。時計は、まだいいってば、ジャン。腹時計が一番いいよ、わりと正確だし。オーバーホールとやらもいらないからさ」

「トーコの時計は、僕が、オーバーホールします。ずっと。大丈夫です。ハラドケイも」

「腹時計も、って」

ジャンの少年らしい思いつきに和む。

アキオがハンドルを回しながら、「クオーツ時計と機械式時計が仲良くなって、新しくスプリングドライブが生まれるなら、芸術の家系と歴史学系が一緒になっても良いだろう。あれはなかなか似合いのふたりだと思う」なんて言っている。

「そんな適当なこと言って、お相手、見たことないでしょうが」と突っ込むと、「まあ、それもそうだな」と言って、アキオが肩をすくめた。

「ようし、頑張って巻くぞ」と、交替した藤子がハンドルに手を掛けた。「今日は、チーズいっぱいのチーズお好み焼きだから……これさっさと巻いちゃって、支度をしなくちゃ」と言うと、ふたりが横から手を伸ばしてくる。「ああもう狭いから、狭い。ちょっと狭いって」と言うのにふざけて三人で巻いて、何か面白くなってくすくす笑い出すと、三人とも笑いがとまらなくなった。

〈幕間〉時計師ふたりの日常　2

アキオは、リビングにパソコンを持ち出して、今週、ジャンが使ったすべての経費を打ち込んでいた。

公園清掃の人員と、交通整理の警備員。フルートを練習する音大生（わざと、たどたどしく吹くという指定つき）。セレモニー用の白い鳩三十羽、リハーサルを含む子役プロダクションへの支払いと風船代、十台分チャーターしたタクシーとタクシー運転手への謝金。興信所での調査、偽の渋滞情報と迂《う》回路《かいろ》へのシミュレーション、タクシーの運転手がまずまずの役者で助かった。あと、道を塞《ふさ》いで立ち往生している大型トラックと、タクシーのすぐ後ろについてエンストさせた劇団の女。すべての支払いは、締めて……。アキオはその金額をチェックする。うまくことが進んでなによりだ。

ジャンは、リクライニングチェアに、猫科の動物のように身体をのばしている。

「藤子には、本当に何も言わなくていいのか」と、ジャンに問うと、「アキには、僕がそんな無粋なタイプに見えるとは心外だ」と眠そうに言いながら、こちらに寝返りを打った。

無言で左手首を見せてくる。オーヴァーシーズの深い青がきらめいた。

「精巧で美しい仕掛けこそ、隠してしかるべきだろ」などと、半分眠りながら言うので、うちの王子は、生意気な口がまことによく似合うことで——と苦笑しながら思う。

ほんのかすかなゼンマイの動きでも、最後には時計の針を動かすことができる。人は、どんなきっかけで変わるかはわからない。ほんの一押しが、その後の人生をがらっと変えることもあるものだ。

運命の歯車を、ほんの少しだけ動かすための対価と考えれば、安くついたほうなのかもしれない。

アキオはそう考えて、送信ボタンを押した。

第二章　時報少女に花束を

その雄叫《おたけ》びのような泣き声がすると、あ、八時十五分だとわかる。今日もその時間きっかりに、泣き声が左から右へと移動していく。毎日毎日、本当に頑張るなあと思う。

　下を見れば、いつものように、無の顔で子供の手を引っ張っているお母さんと、すごい泣き声をあげながら小学校へと引きずられていく黄色い帽子が見える。黄色い帽子は一年生の証《あかし》、時季は五月だ。そんな感じで、先々週あたりからずっと続いているところを見ると、その一年生は人生初めての五月病を体験しているらしい。そうよね、月曜日は辛《つら》いよね。お母さんも頑張って、と上から念じていると、ドアがこんこんと鳴った。

　開ければアキオだ。なんだか深刻な顔をしている。

「今の泣き声、聞いたか。どこかに相談しなくてもいいのか、通報するのはやりすぎか。日本の相談窓口はどこにある」

「ああ、あれは、単なる五月病だと思うから……」と、いろいろ説明しているうちに、アキオに「朝食がまだだったら、今日は上で食べないか」と朝食に誘われる。

　三階に上がると、「トーコ」とジャンが嬉《うれ》しそうに部屋から出てきた。肉が焼けているような、良い匂いがする。

　入るなり、「ひゃあ汚い」流しを見てびっくりする。男ふたりだからそうなのか、洗い物がうずたかく山になっている。

「あーこれはだな、さっきいろいろ焼いてたりしたからだ」

「こんなに散らかしてたら、一体どこで切ったりするの」

「一流の時計職人は、はがき一枚分のスペースがあれば足りる」などと澄まして言うが、それにしても汚すぎる。

焼き加減を間違えたパンが、一枚、黒焦げになっている。手先はあれだけ器用なくせに、料理はまた別らしい。

それでも出てきた朝食はとても美味《おい》しそうで、白パンとチーズ、目玉焼きにカリカリにしたベーコンが添えられていた。

「あ。このパン美味しい」

「だろ？　このあたり、パン屋もいろいろあるから、片《かた》っ端《ぱし》から試して回ったんだ。ベーコンも近くの肉屋で買ってきた。あそこの肉屋はなかなか種類が豊富でいい」

よみせ通り、すぐそばの肉屋に行ったらしい。今度、コンビーフをどかんとひと箱買ってきて、ジャガイモと一緒に炒《いた》めてみようかなと思う。ふたりとも喜びそうだ。

ジャンもうなずいている。「これは、よいパンです」

「近くのビアパブも気になってるけど、飲みにはなかなか行けないなあ……」などと、アキオがぼやいている。すずらん通りにも、よみせ通りにも美味しい飲み屋があちこちにあるのだ。酒好きならば、夜のご近所、どこにも寄らないでまっすぐ帰るのは難しかろう。

「わかった、アキオの分もわたしが飲むよ」と言うと、アキオが「何だそれ」と笑う。ジャンが、(行けばいいのに)みたいな雰囲気で何かしきりに言っているけれど、未成年のジャンを放《ほう》っておいて、ひとり飲んだくれるわけにもいかないらしい。王子の従者というのもつらい仕事よのう、と思う。今度ビールを差し入れしてやろう。

「パンまだあるぞ。足りなければ焼くから」と、オレンジを絞りながらアキオが言う。アキオが力一杯絞ると、オレンジは一滴残らずジュースになった。

さっきの時報みたいな一年生の話題になる。聞いてみれば、スイスでは州によって違うようだけれど、ホームスクールというものがあり、学校になじめない子供は、自宅で学習することも正式に認められているのだとか。あんなに泣いていたら、まあ学校より家で勉強させた方がいいのかもしれないけれど、いずれは社会に出て行って、憂鬱《ゆううつ》な月曜日も乗り越えなくてはならないのが、社会で生きる人間というものの辛いところだ。

親も大変だろうなと思う。本当に「無」としか言いようのない表情で、子の手が外れないようにぎゅっと手首を摑《つか》んで小学校へ引きずっていくお母さんを見ていると、どうしたらいいのかわからなくなる。このままずっと家でのんびりしていたら良いのに、とも簡単には言えないし、なんとしてでも引っ張って行け、と言うのも違う気がする。

毎朝泣かせてかわいそうだ、と思う人もいるだろう。でも、履歴書すら見てもらえなかったりで、いろいろ就職先には困りがちな自分のことを考えると、親の気持ちもわからないではない。なるべくなら、子供には、将来、夢を追えるように、土台を固めてやりたい……そんな気持ちは痛いほどわかる。

お母さんは、大変だ……そう思っていた矢先の火曜、開店と同時に現れたのが、そのお母さんだったから驚いた。

「掛け時計で、仕掛けのあるタイプの物があれば」

と言う。ずいぶん疲れた顔をしている。言うか言わないか迷ったが、「朝、毎日うちの前を通られるお母さんですよね」と何気なく声をかけてみる。

さっと顔色が変わった。

「申し訳ありません……うるさいですよね。よく言われます、何をそんなに毎日泣かせているのかって、虐待《ぎゃくたい》じゃないのかって。ひどい母親です、毎日娘をあんなに泣かせて」

お母さんの目がうっすらと赤くなる。

「いえ！　いえいえ違います違います！　違いますよ！　大変ですね頑張ってくださいって、毎日思ってたんです。うるさいなんて、そんな。わたし、お母さんの気持ちもよくわかりますし」

それを聞くなり、わっと泣き出してしまった。箱のティッシュを渡したり、お茶を出したりして、おろおろしていると、ちょうど上から降りてきたジャンとアキオがその様子を見かけて「どうしたんだ」と心配して店に入ってきてくれた。

「あ。こちらはまあ、うちの店員です。お気になさらず」などと、適当なことをいってふたりを紹介する。ジャンとアキオにも、簡単に事情を説明した。

母親は大泉昌美《おおいずみまさみ》と名乗った。娘は環奈《かんな》。希望にあふれたピカピカの小学一年生のはずが、五月から頑として登校を渋っているのだという。調査もしたところ、クラスにいじめがあるというわけでもなく、友達だって少ないけれどいるそうだ。勉強だってできる方だという。先生との関係も悪くない。本人に聞いてみても、主だった理由はないらしい。

でも、やはり幼稚園とは環境が違うのだろう、とにかく、支度はおろか、朝起きることすら嫌なのだそうだ。なだめてもすかしてもだめ、物でつってもだめ、叱《しか》っても泣いてみせてもだめ、病院で検査してもらっても、身体《からだ》は健康そのものなのだとか。

「もう毎日こうやって、子を追い立てるようにして学校へ放り込むのも、辛くなってきました。じゃあ家で過ごさせたままでいいのかと思うと、そういうわけにもいきません。二週間は休ませましたが、昼夜が逆転して、親の私の方が気がおかしくなりそうでした。このまま四十年も五十年も経《た》ってしまえば、どっちみち私たちの方が先に死ぬんです。もう……どうしたらいいかわからなくて」

「じゃあ、仕掛け時計っていうのは」

「朝、目覚めるときに、何か、時計に楽しい仕掛けがあったら、少しでも楽に起きられるんじゃないかなと」

　もう、そういう一縷《いちる》の望みにかけたいほど、追い詰められているのだなあと思う。それなら、ということで、店の中でどんな仕掛け時計があるか、自分なりに一生懸命説明する。音の綺麗《きれい》なもの、動きが面白いものを中心に、実際に作動させてみせる。お母さんは、お店の中で一番仕掛けが派手で、一時間ごとに違う曲が流れ、人形たちのパレードが始まるという時計を買っていった。

「大丈夫かな……あのお母さん」

　日に日に痩《や》せていくお母さんを見るのは辛い。私たちの方が先に死ぬんです、と言ったときの表情は思い詰めていて、こんなことなら、もう、いっそ今……と続きそうなほどに暗く、聞いているこちらが焦った。

　そこに存在しているのに、ふっと目を離したら消えてしまいそうなほど生気が感じられなくて、線路脇《わき》に、子供の手を引いて立っている様子や、マンションの屋上からぼーっと遠くを見ている様子なんかも連想してしまう。

「何かできたら良いんだけど、さすがに何も思いつかないなあ……」

　藤子がつぶやく。あいにく時計屋では、時計を売ったり、時間を教えることくらいしかできない。

「あの仕掛け時計、気に入ってくれたらいいんだけど」

ジャンとアキオは、何事かを話し合っている。

学校という世界。よくよく考えてみれば、同じ地域の同じ歳《とし》というだけで同じクラスに入れられて、そこで友達作りやら、宿題やら、テストなどをこなしていかなければならない。うまく空気を読んで立ち回って、そりが合わない先生やクラスメイトがいても、一年間はずっと我慢だ。そう思うと、六歳にはずいぶんハードな世界であることよと思う。まあ、人生なんて長い登山のようなものだしなあ……。

注意してみてみると、学校の帰りは平和に母親と連れだって帰っていく。とくに泣いてはいない。それどころかなんだか楽しげでさえある。

問題は、朝だけのようだ。人形のパレードが始まる仕掛け時計はあまり効果が無かったのか、やっぱり時報のような泣き声は続いている。

夕方、帰ってきたジャンとアキオを見てびっくりした。

「あー藤子、屋上の鍵《かぎ》を」と、アキオが手を出すが、いつものシャツも革靴も、泥やなんかでドロドロだ。ジャンも同じく膝《ひざ》まで泥水に浸《つ》かったように汚れている。さっきまで芋掘りに行ってきましたといわんばかりの汚れように「何してたの、農作業？」と尋ねてみる。さすがに高そうな時計は外して鞄《かばん》の中のようだ。芋でも掘ってくるには時季が早いと思う。それでも、レジ袋いくつかをいっぱいにして何かを持って帰ってきた様子。

何をこんなに掘ってきたのだろうと思ってレジ袋を覗《のぞ》くと、タンポポだ。

「タンポポ？　タンポポなんてこんなに掘ってどうするの」

見れば、上部分だけでなく、長い根っこごと掘ってきたらしい。

「あっ、スイスの人はタンポポ食べるの？」「食わねえよ」「たべません」

ふたりが苦笑いする。アキオがどろんこの手を出すので、触らないよう、ちょっと上から屋上の鍵を落とした。

タンポポコーヒーとかいうコーヒーもあるというけれど、変わった趣味だな、と思う。

今日はとうとう休んだのか、あの泣き声は聞こえてこなかった。聞こえないなら聞こえないで、気になってしまう。下校時間、連れ立って帰っていく小学生を見る。いろいろはしゃいだり笑い合ったり。そうこうしているうちに、大きいのと小さいのが連れ立って帰ってきた。

「藤子、今日も屋上の鍵を借りたい」

ふたりを見て、また驚いた。今日の服もどろんこだ。

「帰りに土手に寄ったんだ」

レジ袋の中を見てみると、青くちいさな花のつぼみがある。一つや二つでない、びっしりと生えているのを、やっぱり土ごと持ってきている。

どうみても雑草だ。雑草としかいいようのない雑草だ。

「えーとこれは何」

「何だっけ、えーと。オオイヌノフグリか。鍔《つば》師の先生のところから帰って来る途中、土手に行って取ってきたんだ」

「いや、だから花はわかるけど、これをどうするの。雑草でしょ」

「まあ、いいからいいから。屋上の鍵を」

「スイスの人はオオイヌノフグリを――」「たべません」ジャンが笑って言う。

「ジュースに？」「飲まねえって」

そうこうしているうちに、ジャンがいきなり「欲しいものがあります」というので、何だろうと思う。

「何？　あげられるものだったらあげるよ」というと、ジャンがにっこりした。

「カベ」

ジャンは、かべ、と言った。

カベ、という外国語があるのかと思えばそうではない。どうやら本当の壁らしい。

「壁？　壁、欲しいの？　え？　何で？」

アキオが補足する。「よみせ通り側にある階段と、窓との間に壁があるだろ。そこに植木鉢を据《す》えて、植物を植えても構わないだろうか」

「植物？　植物って野菜とか？　もしかしてあの雑草を？」

花ならまだしも、変な雑草を植えられたのでは、ますますお客さんが来なくなるのではないかと思う。

「雑草じゃない。花だ」と言うので、ますますよくわからない。

「ふたりとも、花、好きなの」と聞いて見るも、「んーまあまあかな」と言う。「綺麗に仕上げるから、店の邪魔にはしないし、宣伝になるようにする。俺らが水もやる」と言うので「それならまあ、いいけど……」と言ってみた。

そのうちに今度は花を積んだトラックが現れて、花を置いていった。チューリップにアネモネ、色とりどりの花がある。まあ、花壇を作るなら、それでもいいなと思った。でもあの雑草はなんなんだろう。もしかして日本の雑草がスイス人的には珍しくて、何か、和の趣《おもむき》を感じて植えてみたくなったのだろうか……。

月曜日の休みの日に、一気にトラックで資材と園芸用土が運ばれてきて、その量に驚く。三段くらいのプランターかなと思いきや、少し工事も入って、その壁全面にびっしりと植木鉢を並べることになった。壁から少し離してあるが、斜めに刺さった植木鉢が横八列、縦二十列という大がかりなものだ。とりあえず仮に設置した空の植木鉢と図面を見比べながら、アキオとジャンがあれこれ話をしている。

できた壁は、見事な緑の壁になった。ひとつの植木鉢をマスと考えると、いろんな種類の草花がそれぞれ綺麗な同心円に広がっていて、ちょっと時計の文字盤のようにも見える。

「花屋さんみたい」

「これを、トーコと、カンナさんに」

ああ、と思う。明日の朝も泣きながら登校してくるであろう環奈と、お母さんのための花か、と思う。なかなかジャンたちも、優しいところがあるなあと思った。

「まあ、すべては明日の朝のお楽しみということで」アキオも言う。


次の朝、泣き声を待ち構えていると、遠くからどんどん泣き声が近づいてくる。やっぱり母親の無の顔も同じだ。

その声が、ふっと止まった。

藤子が階下に降りていくと、ジャンとアキオも、もう降りてきていた。

「トトキ時計店の花時計へようこそ」とジャンが言う。

ひっく、ひっくとしゃくりあげながら、環奈が壁を見上げている。咲いている花を見て、しゃくりあげながらも、ふっと表情を緩めた。

花時計、というと、普通、よく駅とかで見かける、大きな時計の周りに花が植えてあるものを言うのだろうに、花壇には、真ん中にも端にも時計がどこにも見当たらない。

「ジャン、それで、時計はどこにあるんだっけ」と聞いてみる。「花時計って、普通、駅とかの大きな時計のまわりに、花を植えてあるものでしょ」

アキオが首を横に振った。

「それも花時計だが、これも正真正銘の花時計だ。花の、時計」

ジャンが青色の花を指さす。オオイヌノフグリだ。

「今、この花が開いています。だから、八時」

アキオが付け加えた。「ちなみにチューリップは六時だ。そしてこの黄色いタビラコは十時。この花時計は、開花時間の違いで時刻を知らせる花時計。見て」

環奈が驚いたように目を見開く。

「本当?」

「本当だよ。だから、毎朝、確かめに来るといいよ。この中で、一番早起きの花は、真ん中の青いムラサキツユクサ。朝の五時に開き始める。ちなみに夕方の花はこれだ、一番外の、マツヨイグサ。開くのは夕方の六時半から。真ん中から、外の花が開くにつれて、時間がわかるようになっているんだよ」

環奈が笑顔になった。母親と目を見合わせている。「環奈ちゃん、すごいわね。時計屋さんの、花の時計だよ。綺麗ね」

「じゃあ、いってらっしゃい。帰りもちゃんとその時間の花が咲いているか、見に来たらいいよ。帰りの二時は、このムラサキカタバミと、アネモネが閉じる時間だから。本当に閉じているかどうかは、お楽しみに」

　アキオが言うと、ジャンも、身をかがめた。

「心が、くるしいとき、帰ってもいいです」と、真面目《まじめ》な顔になってジャンが言う。

　アキオも大きな身体を縮めるように跪《ひざまず》いて、環奈に視線を合わせた。

「もしも、環奈ちゃんが、教室があまり好きではなかったら、どうして時計も無いのに、花が時間をよく知っているのか、図書館で自分で調べてみると面白いと思う」

　こくりとうなずいた。

「こっちのお兄ちゃんも、教室はぜんぜん好きではなかったようだから」と、アキオがジャンを指す。ジャンがばつの悪そうな顔になった。何か外国語でやりとりしている。ジャンにやりこめられたのか、アキオがにやりとした。「まあそれは俺もだけど」

　環奈は手を振って歩き出す。

　途中で母親と並んで振り返り、もう一度こちらに大きく手を振った。その小さな背中が、見えなくなるまで見送る。

「これも、時計のうちのひとつなんだね」

　三人で見上げてみる緑の壁は、みずみずしい色彩に覆われている。

「花時計は、もとは、スウェーデンの植物学者、カール・リンネ博士が提唱した物で、最初はその資料通りに準備するつもりだったんだが、リンネ博士の住んでいた北欧の気候は日本よりずいぶん涼しいんだ。だから同じ花を準備するのに苦労した。大きめの花屋で、えーと、アマゾンユリください、って言っても、なんですかそれって」

　ジャンがちょっとメモを見る。お、お、い、ぬの、ふ……と読んでいる。

「オオイヌノフグリ、あつめました……川にいきました」とジャンが言う。

「だから、日本独自の花時計を選定した、明石《あかし》の十亀《そがめ》好雄《よしお》先生の花時計を参考にした。この花は、チューリップもマツバギクもすべて、一日の間に閉じて開く、一日花となっている。チューリップの花が終わっても大丈夫だ、今度は夏の花に差し替えられるから」

「でも、花の時計って正確なの」

「藤子も早起きして確かめてみればいい。生体時計はなかなかすごいんだぞ。文献によると、誤差は計測時間の前後三十分だそうだ。それに加えて、十亀先生の花時計は、夜の時間も開くものもある。主に夏の花だけど。花時計は二十四時間対応の時計なんだ」

「てっきり、ふたりして雑草食べるのかと思ってた。そうか花時計か……」

　それから、八時十五分の時報は聞こえなくなった。環奈は、母親と時計の前で立ち止まり、ちょっと上を見るので、窓から手を振る。

「いってきまーす。時計のお姉ちゃんとお兄ちゃん」

下から環奈が叫んでいる。ぐっと親指をたてて「いってらっしゃい」と言った。

先日、帰りに寄ってくれた母親が教えてくれたのだけれど、環奈は保健室登校ながら、学校には通えるようになってきたということだった。図書館にも行って、花の図鑑を見たり、自分で植えて開花時間を調べたりもしているのだとか。

小さな背中が遠ざかっていく。その背中に、藤子は祈る。良いことがこれからたくさん起こりますように。もしも泣きそうな日があっても、花時計の小さな花が、夜閉じてまた開くみたいに、朝になれば元気に花開きますように——。

アキオは、ジャンが雑草を自分で取りに行く、と言い出したときには驚いた。てっきり業者を手配するのかと思っていたからだ。

「ジャン、本当に自分で行くのか」と聞いてみる。「コーディネーターに頼めば電話一本でここまで届けてくれるだろ。全部綺麗に包装もして」

ジャンは、自分の労力と何かをてんびんにかけて、ちょっと考えているようだった。

「へえ。あのジャンが鍬《くわ》を」「手袋して」「腕をまくって」「長靴で」と、横から面白がって聞いてみると「アキは、レディに花を贈るには、その過程も含まれているのを知らないのか」などと、むすっとしながら一丁前の男のようなことを言う。

「わかったわかった、下々のものはお供つかまつりましょう」

アキオは、弟が今も生きていれば、こんな感じだったか——と、心の隅《すみ》で思いつつ、笑いをこらえた。

「アキ!」と、いっそうむくれる。むくれると一等可愛《かわい》いのは、兄役として一番近くでジャンを見ている、自分しか知らない。

第四章　クロノグラフと雷鳴のベビーカー

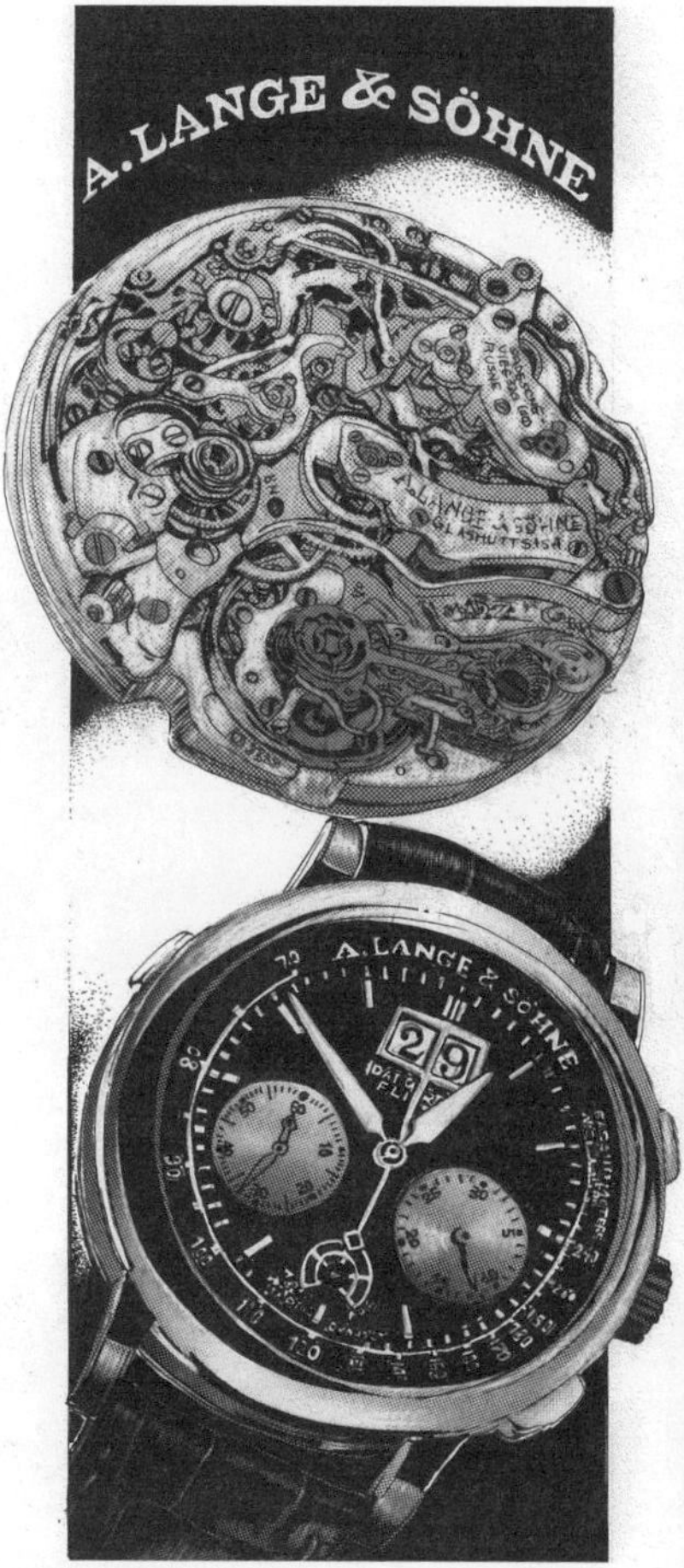

藤子は、ひとりでへんな汗をかいていた。心臓が早く鳴る。

どうしてひとりだけ、こんなにも汗だくになっているのかというと――

＊

白山《はくさん》神社であじさいが見頃《みごろ》だというので、三人で連れ立って行ってみることにした。白山神社までは、徒歩にしてだいたい三十分くらい、ちょっとした散歩にはちょうどいい距離だ。

今日はもうすっかり元気になったようだけれど、ジャンは日本の湿気にすっかり体調を崩して、先週は二日くらい寝込んでいたのだった。見舞いに行ったら、クーラーを冷蔵庫のように効かせ、氷枕《こおりまくら》をして弱々しく臥《ふ》せっていた。

アキオも「こんなに暑かったかなあ……俺が日本に住んでた頃より絶対暑い」とぼやいている。今はまだ六月だ。日本の夏、しかも空と地面から蒸し焼きみたいになる東京の夏はこんなもんじゃないんだぞ、とちょっと心配になる。

今日はふたりともシャツの素材が違う。聞いてみると、湿気と暑さ対策のための麻素材らしい。やはり肩からのラインが美しく、このふたり、さすがにいいもの着てるんだよなあ、などと思う。麻でもゴワゴワのじゃなくて、しっかり目が詰まっていてハリがある。聞いてみると、ロロ・ピアーナなどと言うけれど、よく知らないブランド名だ。

「しかし坂が多いな。スイスもそうだけど」とアキオが坂を下りながら言う。「こんなに坂が多いのに自転車も多いのは驚く」子供を前と後ろに乗せたお母さんが、電動自転車で坂をものともせずに登ってくる。

白山神社に近づくと、人の緩やかな列ができており、警備員が誘導していた。

「みんなあじさいを見ますか」とジャンが聞くので、違うと教えてやる。この近くに大学があるのだ。

「すぐ近くに大学があるから、授業に行く学生さんじゃないかな」

言いながら、心の奥がちりっと痛む。もう何年も経《た》つのに。しかももう、大学生の年齢だってとうに超えているというのに。もしも自分が大学生だったら……という想像は、無理やり剝《は》がしたかさぶたみたいに、いまだに痛みをともなう。もしも自分が進学できていれば、今頃は、もっと違う感じに暮らしていたのかもしれない。通勤電車に乗って、スーツとかを着こなして、年に一回海外旅行して。お土産《みやげ》をたくさん買って……。

「トーコ?」ジャンが聞く。何か話しかけられていたらしい。「あ、ごめん。何だっけ」と、笑っているうちに神社に着いた。

地元にいると、わざわざあじさいを見に、ひとりでは出かけて行かないものだけれど、文京あじさいまつりと言うだけあって、なかなかの見ものだった。白山神社のあちこちにあじさいが咲き誇っている。ひときわ大きなあじさいの植え込みがあり、看板を見ると、「あじさい富士《ふじ》」とある。色とりどりのあじさいが、赤・青・紫と、山のような形に重なっていて、いろんなシロップをかけたかき氷のように華やかだ。

あじさいの小道も歩いてみる。

ジャンは出店が気になる様子で、「トーコあれは何ですか」「これは何ですか」「トーコこれはどんな味ですか。あまい?」と忙しい。リンゴあめを三人で舐《な》めながら帰る。そろいの白シャツをぴしりと着こなした、でかい男とびっくりするほどの美少年が、リンゴあめを舐めながら並んで歩いている様子は、とにかく目立つらしく、わざわざ振り返って見られたりする。

大学への人通りはまだ多く、いったい、どのくらいの学生が通っているのだろうと思う。

「スイスでは、大学に行く人間は十パーセントくらいだ。職業訓練校があるから。中学校を卒業した時点で、将来何の職業に就くか、だいたい決める」

アキオが、学生たちの流れを目で追いながら言った。

「中学校で！　わたし、中学校なんて、アニメとゲームくらいしか興味なかったけど、そんな早くに決めちゃうの？　というか、そんなの決められるもんなの？　まだ中学生だよ？　子供だよ？」

　今だって身の振り方を決めかねているのに。十五歳かそこらで自分の将来をしっかり考えるのか……。

　聞いてみると、元からそういうものだとされているので、それが普通だと思っているらしい。国によってそれぞれだなと思う。

　そんな話をしながらの帰り道。公園に差し掛かったあたりで、急に空がかき曇り、大粒の雨がバラバラと一気に落ちてきた。

　今日は、久しぶりに梅雨《つゆ》の谷間の晴れ間が見られるでしょう、みたいな予報のはずが。

　みんな慌てた。

「なんだよ、天気予報だと晴れの予報だったろ」

「とにかくどこかに」

　あいにく、誰《だれ》も傘など持っていない。とりあえず、雨宿りできそうな公園の東屋《あずまや》みたいなところに、三人で走りこんだのだった。その東屋は八角形の屋根が張り出していて、中にベンチがコの字型に置かれている。屋根の張り出しも大きいのと、床面が地面から一段高くなっているからか、ベンチも床もあまり濡《ぬ》れていなかったのは幸いだった。その東屋には、やはり雨に降り込められたのだろう、すでに先客がいた。ベビーカーがあるところを見ると、お母さんのようだ。長い髪がじっとりと湿っていて、白ワンピースに垂れ下がっている。正面に回り込まないと表情ははっきり見えないが、うつむいて目を閉じているようだった。疲れているのかもしれない。お母さんは、年を取ってからの出産らしく、藤子よりはずっと年上のようだった。赤ちゃんはよく眠っているらしい。

「わあ、降ってきた降ってきた」

「つよい雨です」

辺り一面は、下からも跳ね返っているくらいの勢いがある強い雨となった。白く視界が遮られるほどの雨に、ジャンは驚いているようだった。

三人で、髪をハンカチで拭《ふ》いたりしながら、雨の止《や》むのを待っていた。アキオが、ジャンの髪を拭いてやっている。

こんな豪雨は珍しいのか、ジャンとアキオがベンチに並んで座って外を眺めている。藤子の隣は、ベビーカーとお母さんだった。

妹のところにも三つ子の赤ちゃんがいる関係で、赤ちゃんはちょっと気になる。

(すごい雨ですねー、いやになっちゃう)

(赤ちゃん、よく寝てますね。何ヶ月ですか)

普段だったら、もう声をかけているところなのだけれども、お母さんはあまり話しかけられたくないみたいに、じっと下を向いているので、声をかけるのは遠慮した。お母さんの長い黒髪にさえぎられて、表情は見えない。

妹の桜子《さくらこ》も言っていた。三つ子だからか、とにかくいろんな人に声をかけられるので、いちいち相手するのが辛《つら》くなるときもあるのだとか。

突然強く風が吹いた。見れば、赤ちゃんの薄いバスタオルがずり落ちそうになっている。お母さんは下を向き、どうやら目もつぶったままのようなので、起こすのもどうかと思い、声をかけるよりも、反射的に手が出ていた。タオルが下にずり落ちて、汚れなくて良かった。

どうぞ、赤ちゃん。ゆっくりおやすみねと、タオルをかけ直してあげた。

赤ちゃんは帽子を深くかぶっている。

ごろごろ……と遠くから雷の音がし始めた。

起きていたら、ちょっとあやしてあげようと思って、藤子はそのまま一瞬だけ固まった。

何気なく、席に戻る。

視界の隅《すみ》で、お母さんがじっとこちらを見つめているのがわかった。

赤ちゃんは確かにいた。

目をかっと見開いて、微動だにしない赤ちゃんだった。

ベビーカーの中にいたのは人形だった。

遠くから雷の音がする。

東屋がしん、と静まりかえっている中、雨の音だけが、また強くなったような気がする。

アキオがふと、そういえば赤ちゃん大丈夫かな、という顔でお母さんを見た。このままだとぜったい、「やあ、赤ちゃん可愛《かわい》いですね、私はスイス生まれなんですけど、スイスではですね、赤ちゃんが生まれると――」みたいに蘊蓄《うんちく》を語り出してしまう。

アキオがお母さんに向かって口を開こうとした瞬間、藤子は「アキオ、あのさ」と呼びかけていた。

何か深い事情があるのかもしれない。この人をそっとしておいてあげなければ……。

「何だ」

「いや、別に用はないんだけど」

「何だよ藤子、雷が怖いのか。心細いならこっちに来るがいい」と、にやりとして右腕を広げる。でもお母さんを露骨に避けるみたいで、下手にお母さんの気に障ったりしたらいけない。「いや別にいい」と済ませた。

何でもいい、雨が上がるまでは、アキオに何かしゃべらせておかないと。藤子は思う。雨はまだ強く止みそうにない。どこにも逃げ場がないようなこの密室で、四人で死ぬほど気まずくなることだけは避けたかった。

「あ。そうだ。機械式時計は、雨って大丈夫なの」

こういうときには時計の蘊蓄にかぎる。たぶん一、二時間はもつ。

そうそう、よく聞いてくれたよ藤子、時計のことなら俺に任せろ的な顔をして、アキオが表情を明るくした。

「そうなんだよ。そう、それな。良い点に気がつきましたね藤子さん。そう、雨。それ大事な点」

「日本は、雨がおおいです」

ジャンも言う。

「梅雨もあるしさ、湿度も高い。基本的に乾燥しているヨーロッパとはまるで様子が違うんだ。機械式時計というのは、この前、中を見せたろ、あんな感じで金属の精密部品がぎっしりつまっている。今の時計は防水がきっちりなされているのが普通だけど、アンティーク時計は水に弱い。ケースにも風防にも隙間《すきま》がある。リューズも締め込みを忘れると、そこから水が入ってくる。ひとたび水が入るとどうなるか」

藤子は、頭の中をさっきの赤ちゃんの見開いた目でいっぱいにしながら、なんとなく答えを言ってみる。

「えーと。錆《さ》びる？」

「そう。ガラスが内側から曇ってくるんだ。水だけでなく汗や湿気にも気を付けなければならない。中に水分が入ると、三日で中は錆《さび》がわく。一度錆びてしまったら、もう全部分解して洗浄して錆を落としてってて、それはそれは大変なことになる」

たしかに、あんなにぎっしりつまっている中で錆びようものなら修理も大変になりそうだが、藤子は視界の端《はし》で、こちらをじっと窺《うかが》っているらしき、お母さんが気になって仕方が無い。

「そういった水に弱い時計が普通だった時代、水が入らない新しいケースを開発して、知名度を一気に上げたメーカーがある。一九二七年、ドーバー海峡《かいきょう》を女の人が泳いで横断したんだが、その女の人が泳ぎきったときに、腕につけていたひとつの時計があった。彼女の孤独な闘いを励まし続けた時計だ」

アキオが、ドーバー海峡をわたる風に目を細めるような雰囲気で、ためにためた。

「その時計こそ、かのロレックスだった」

トトキ時計店にはないけれど、藤子もロレックスだったら知っている。みんなが大好きなロレックスだ。王冠マークの。

「宣伝も上手《うま》い。海だから塩水だ。泳ぐからすごく振動する。でも横断後もまったく狂っていなかったし、少しの水も入っていなかった。当時、振動に弱く狂いやすいというイメージがあった機械式時計において、その性能は驚異的なことだった。ロレックスの完璧《かんぺき》な防水技術と性能は、ドーバー海峡横断の偉業とともに世界中に発信される」

なるほど、どうせ身につけるなら精巧で壊れない方が良いに決まっている。水にも強いのはありがたい。梅雨もある日本でこんなに人気があるのは、そういうわけもあるのだな、と思う。

ふと、耳が声を拾った。歌だった。目を閉じたまま、小さくお母さんが歌っているらしい。何の歌かはわからない。細く、小さな声が響く。

アキオが、ちょっと気にしたように、そちらを見たが、また蘊蓄のつづきに戻った。

「ロレックスは、オイスターケースという、金属の塊をくりぬいて作ったケース、ねじ込み式のリューズと裏蓋《うらぶた》で防水は完璧になった。だからロレックスでは、いまだに裏蓋のスケルトンモデルは基本、ない。別の会社で請け負って裏蓋をスケルトンにしてくれる所もあるというが、本家ではやっていないはずだ」

ピカッと、いやな光が光った。

雷が近くなってきているらしい。

お母さんは、歌うのをやめたようだ。

アキオが、また、赤ちゃん大丈夫かな、という顔でお母さんを見ている。

「雷が」

ジャンが腕時計を操作すると、外国語で何か言った。

「ジャンが言うところによると、雷雲は三四〇〇メートル先らしい。三キロだな。まああ近いか」

ジャンを見てみると、空を眺めて時計を操作している。

「ジャン?」

呼んでも、じっと空を見ている。ごろごろ……と雷が鳴ると同時に、時計のボタンを押している。

「何してるの」

「はかります」

時計をこちらに向ける。よくわからないけれど、大きな文字盤の中に、小さな針の文字盤が二つとか三つくらいついている、ややこしいタイプのものだ。確か、こういうタイプの時計は何て言うのだっけ……

「このタイプの時計はクロノグラフという」アキオが言った。「A.ランゲ&ゾーネ ダトグラフUP／DOWN。簡単に言うと、ストップウォッチがついている。あと、雷は、光ってから音が鳴る秒数×三四〇で距離が出る。今のは十秒だったということだ」

藤子は、かねてから気になっていたことを聞いてみることにした。

「前から疑問に思ってたんだけど、クロノグラフって、針、いっぱいあるけど何に使ってるの」

うちの店にも、クロノグラフの時計はある。男の人にはわりに人気があるので、ちょっと不思議に思っていたのだった。

「それはだな。今みたいに使うと、雷が近いとか遠いとか、とても便利だろ？　きゃあかっこいいって女の子たちにも評判になってだな。それはきゃあきゃあ言われるんだ。クロノグラフつけてる世の男たちはだな、雷のたびにかっこいいって女の子たちに大評判で困るんだよなー」

そんな話は初めて聞いた。

「まあ、それは半分冗談だけど、時計自体のデザインとしても美しいし、緻密《ちみつ》な針の動きもすばらしい。時計は、今の時間が何時かを知るものだけれど、クロノグラフは、時の流れを自分で計ることができる。時間という、目には見えないものを、感覚としてこの手に摑むことができる」

「でも、それだったら小さい針はひとつで良くない？　なんで三つとかあるの」

「ひとつは三〇秒までとか、時間の長さによって見分けたりする。あと、時計によって時速が計れたり、脈拍が測れたりするものもある。まあそれはさておき、このダトグラフは美しいぞ……ザクセン特有のプレート仕上げの深い艶《つや》。圧倒的な風格と威厳《いげん》……ジャンちょっと藤子に見せてやろうぜ、この最高の仕掛けを。このプレシジョン・ジャンピング・ミニッツカウンター。アウトサイズデイトだろ、それにフライバックの機能はな――」

「えっ何」

「だから、ダトグラフのプレシジョン・ジャンピング・ミニッツカウンター、アウトサイズデイト、フライバックだ」

諦《あきら》めた。

とりあえずジャンが時計を外して見せてくれるので、近くまで寄ってみる。時計の文字盤の、四時と八時くらいのところに小さな丸があり、その小さな丸、それぞれに針があるようなデザインだ。たしかにシンプルで美しい。

「いいか見てろよ、A.ランゲ&ゾーネ　ダトグラフUP／DOWNのプレシジョン・ジャンピング・ミニッツカウンターを。この機能は、秒針が一周して六十秒になった瞬間、正確に、この右下にある分積算計が動く。これにより、いつ計測を停止しても正確なタイムを測れるようになった。たとえ、秒針が0の瞬間に押したとしてもだ。見てみよう」

もったいをつけて、アキオがおごそかにボタンを操作した。確かに、秒針がぐるりと一周すると、右の小さな針がひとつ動いた。

「……………すごいの?」

「すごいとも!」「すばらしいです!」

ふたりともに目をむいて言われる。

シンプルな表とは違い、スケルトンになっている裏はもう部品がぎっしりしており、青と赤の色石もちりばめられていて、とても綺麗《きれい》だけれど、どこがどうなっているのか見当もつかない。

「痺《しび》れるねえ。見ろ、こうやって押すと、全部の針が、一瞬で戻る。いいか、こうやって一回だけ押すと、一瞬で戻る。ほら見て、一瞬で針が戻るこの動き。見ろ。見た?　もう一回見る？　クロノグラフの針の停止・復針・発進の三段階の動作が一度にできる。これがフライバックだ。ほら見て」

見れば、小さな針が、押すと同時にぴょんと0に戻る。ジャンもアキオも、その針の動きやら、裏の何かの様子が最高に素晴らしく感じるようで、針を戻したり動かしたり、表にしたり裏にしたり、近くで眺めたり遠目に眺めたりして喜びにうちふるえている。これはな、ここのハート型カムが一度に——とアキオの長い長い蘊蓄が佳境に入ったところ、ふふっ、という小さな笑い声がしたので、藤子は目の端でお母さんを捉《とら》えた。

ジャンもアキオも、熱い蘊蓄語りのため気付いてはいない。

お母さんがほんの少し、こちらに近づいていることを。

汗か雨かはわからない。冷たい滴が、背骨に沿って落ちる。

こっちでは蘊蓄に相づちをうち、アキオの注意を引くべき質問をタイミング良く出して、お母さんを刺激しないように何気ない態度を保ちながら、視界の隅でお母さんを捉え警戒し、そうこうしているうちに、やっと風が止み、急に晴れ間が見えだした。異様な緊張に神経がぐったりしていた。

あれだけ降っていた雨が小降りになり、公園中にひろがる水たまりにも、光が反射して、そこへぽつぽつと水の輪ができている。

そのうちにそれもなくなって、水たまりが鏡のように静まった。さっきまでの風と雨が、うそみたいな空になっている。

「あ、やっと晴れてきた……。さ、行こうか」

アキオがうんとのびをした。

「雨が、たくさん降りました」

ジャンも立ち上がる。


葉っぱのふちには雫《しずく》が下がっていて静かに光をたたえている。蜘蛛《くも》の巣にも雫がかかっていた。

東屋からじゅうぶん離れた頃を見計らって、さっきのお母さんの話をする。

「そうだったのか……」アキオがしんみりとなる。「ルネ・デカルトっているだろ。哲学者のデカルト」

名前だけは聞いたことがあった。

「デカルトは、生涯独身で通したらしい。でも、女中に隠し子をひとり産ませたんだそうだ。名前は、フランシーヌ。とても可愛い女の子で、デカルトはその女の子を溺愛《できあい》していたらしい」

三人で、青空を映した水たまりをひょいと跳び越える。

「でも、五歳のときに、その最愛のフランシーヌは亡くなってしまったんだ。デカルトはこれ以上ないような悲しみに暮れて、フランシーヌの姿にそっくり似せた精巧機械人形《オートマタ》を作らせた。人形の名前もフランシーヌ。デカルトはどこへでも連れて行ったし、まるで人形が生きているかのように話しかけた。

次の水たまりはひどく大きいので、三人で迂回《うかい》した。

「クリスチナ女王がさしむけた軍艦に乗って、スウェーデンに渡るときだって、デカルトは船室にフランシーヌを大切に持ち込んでいたそうだ。髪をすいて、服をあれこれ着替えさせて」

公園の外へ出ると、アスファルトの路面は黒く濡れていた。空気が澄んでいる。

「でも、ひどい時化《しけ》で、その軍艦は沈没しそうになった」

アキオの顔が悲痛な表情になる。

「船長は、これは人形の呪《のろ》いだと言って、デカルトの大切なフランシーヌを嵐《あらし》の海に投げ捨ててしまったそうだ。不思議なことに、海にフランシーヌが沈んだ途端に、嵐はやんだのだという」

きっと、そのときデカルトはひどく悲しんだろう。生涯《しょうがい》で二度もフランシーヌを失うことになるなんて。もしかしたら、フランシーヌ人形がお父さんを守るために、身代わりになったのかな、なんてことも考える。どちらにしろ、悲しい話だ。

「たぶんあのお母さんにしても、いろいろな背景や事情があるのかもしれない。俺はこういう話に弱いんだ……」とアキオは鼻をグスグスさせ、ハンカチで洟《はな》をかんだ。「まあデカルトの話は噂《うわさ》だけど」

ジャンも、沈んだ顔をしている。

アキオは何かを思い出したように「あ」と言った。

「そういえば俺も、オートマタを修理したことがある。歌う鳥のオートマタ」

「なんでアキオが。専門は時計でしょ。人形は違うでしょ」

「時計とオートマタは親戚《しんせき》みたいなものだからな。時計の文字盤の中で、金の蝶《ちょう》が羽ばたいたり、花が開いたりする、魔術的に美しい時計を作ってるジャケ・ドローという時計ブランドがあるんだが、創始者のピエール＝ジャケ・ドローは、もともとは十八世紀、オートマタで有名になった時計師なんだ」

時計の中で、金の蝶が羽ばたくところを、実際に見てみたいなと思う。

「時計の機構と、からくり機構は、実際よく似ている。昔は塔時計の隣に、ジャックマールっていう鐘を打つ男の人形がよく飾られていた。鐘を打って、ちょっと考えて、また打ったりして。時計職人は、いかに精巧に、生きているようにからくりを動かせるか、腕を競ったんだ」

ジャンが、鐘を打つ手振りをした。

「時計もそうだけど、命の無いものに命を宿らせたい、っていうのは、人間の永遠のテーマなのかもしれないな」

アキオがまた、しんみりとなる。

「でも、藤子ありがとう、俺が不用意にお母さんに声をかけていたらと思うと……」

ふと、後ろに人の気配がした。

振り向くと、すぐ真後ろにベビーカーを押したお母さんがいた。

黒髪と黒髪の間で、片目だけが、にやり、と笑う。

幌をかけているから見えないけれど、その中には、赤ちゃんの人形が目を見開いている
はずで。

無言で、手をつき出してくる。

ハンカチだ。

見れば、藤子がさっき使っていたハンカチだった。さっきの東屋に忘れていたらしい。

「あ、あ、あり、ありがとうございます」

お母さんは耳からワイヤレスのイヤホンを外した。音楽と陽気な声が漏れ聞こえている。

「よかった、間に合って」

声は意外に明るい。

「もう急な雨だし、ベビーカーは重いし、本当に疲れちゃって」

言いながら幌を畳むと、やっぱり赤ちゃんが、かっと目を見開いている。

三人とも何も言えず、どんな顔をしたら良いのかもわからず、一ミリたりとも動けずにいた。そんな様子を察したのか、お母さんが続ける。

「ああ、このベビーカー。GPSとか段差の振動を測定する機器が載ってるんです。あと、四キロ分のおもりも。子連れ散歩道マップっていう企画があるんですけどね――」そう言って、ひょいと、タオルごと赤ちゃん人形を持ちあげる。下から何かの機材が現れた。

「まあ、載せるのが検査機器だけっていうのも、何だか気分出ないよな、と思って」

藤子は、ふう、と息をつき、そういうところに凝《こ》らなくてもいいと心から思った。

帰り道、三人とも「なんだか急に小腹がすいてきた」ということになり、コンビニに寄った。

カップラーメンを三つ買ってお湯を入れた。ジャンはとにかくもの珍しいようで、ラーメンのカップをぐるぐる回している。

「さあ、いまから三分ね」

と言うと、ジャンがすかさず時計を操作した。

「今みたいに使うと便利だろ？　クロノグラフつけてる世の男たちはだな、ラーメン食べるときですら、かっこいいって女の子たちに大評判で困るんだよな」

よく見てみればジャンの時計は、優雅な金色のケースに、中央が白くなっている金の針。

十二時の所に日付、秒数を計るものなのだろう、青くて小さな針が四時と八時の所に二つついている。クロノグラフというと、いかにもという形をしていて、スポーツっぽい派手な雰囲気のものが多い中、この時計は本当にシンプルで品があるなあと思った。端正な雰囲気が、ジャンにはよく似合っていた。

それに、ゼンマイでストップウォッチの機構が動くことも、歯車やカムなどを駆使して、あれだけぴたりと精巧に針が戻るということも、よくよく考えてみたらすごい話で、いったいどういうふうな仕組みで動いているのだろうと不思議に思う。魔法みたいだ。

「でもジャンの時計、よく見たらすごく綺麗だよね。それは何ていう時計なんだっけ」

「藤子！　お前、人の話をちょっとは聞けよ！」

「いや、さっきはもう心乱れてそれどころじゃなくてさ」

ジャンが時計を外して見せてくれた。

アキオがその時計を指でさす。

「まったくもう。いいか、もう一度最初からだ。このプレシジョン・ジャンピング・ミニッツカウンター機能を持つ、至高のクロノグラフ、A.ランゲ&ゾーネ ダトグラフUP／DOWNはだな――」

アキオの蘊蓄はとうとうと流れゆく。水色の針は小気味の良い速さで動き、三つのラーメンは静かに湯気を立ち上らせ、お腹《なか》はぐうぐう鳴っている。

〈幕間〉時計師ふたりの日常　4

その晩は雨上がりだからか、月の綺麗な夜となった。アキオは、ジャンを連れて夜の散歩へ。こんな風に歩いていると、弟と夜に小遣《こづか》いを握りしめて、夕飯の唐揚《からあ》げを買いに行ったことを思い出す。街灯の明かりが遠くまで連なっていたことも、弟とそろいで履いたビーチサンダルが、ぺたぺたと湿った音を立てていたことも。

自動ドアが開いて、アキオとジャンは、その明るい建物の中へ誘われるように入った。

ジャンはフランス語に切り替えて、低く歌うように言う。ジャンのフランス語は艶《つや》があって、とくに素敵に聞こえる。

――肉は身体《からだ》を作り――パンは腹を満たし――ワインは踊りを踊らせる――

アキオが、「ジャン。たまには良いが毎日はダメだ」と言うと、ジャンはちょっと不満げに肩をすくめた。

そのまま、かごに六つほど入れていたカップラーメンを三個ほど戻す。

第五章　幽霊時計と夏の夜

ほうきを持って表の掃除をしていると、みんみん言う蟬《せみ》の声が重なり合って聞こえる。空はもうすっかり夏の空で、見ていると目の奥が痛くなってきそうな青空だ。

今日も、とんでもなく暑くなりそうな気配がすでにしている。

まあこのビルは、夏はわりに涼しいというのが唯一の利点なのだけれど、それでも暑いのは暑い。

何気なくテレビをつけても、とくに大きなニュースはないのか、見たいようなものはなかった。いろいろとチャンネルを変えているときに、思いがけず、わりに近場の場所が映ったので見入る。そこの老舗《しにせ》居酒屋のシンボル、カッパの花子《はなこ》ちゃんが盗難にあってから一ヶ月が経《た》ったのだとか。隣町、谷中《やなか》銀座のはずれあたり、通りかかったことはあるので知っている。カッパの花子ちゃんは、看板娘ならぬ看板人形なのだ。

〝あれはこの店が始まって五十年、店とともに歩んできた大切な仲間なので、どうか返して欲しい〟という、店長の悲痛なコメントが流れた。花子ちゃんは、ブリキの人形で、靴とミニスカートを履いている陽気なカッパ人形だった。頭の皿には、つねに新鮮な水を満たしてもらっているという本格派だ。

冬は帽子やダウンベストを着せてもらって、夏は水着になったりする。雨の日は、花子ちゃん用の傘をさしかけてもらったりもしていた。服や小物はいろんな常連が持ってきてくれるのだという。花子に服をあげると幸運がまいこむという噂《うわさ》もあって、いろんな人が可愛《かわい》い小物をプレゼントしたりしていたのだった。プレゼントの送り主には、有名な芸能人もいたらしい。そうやって、お店のシンボルとして長年愛されてきた人形なのだった。

「花子ちゃんがいないと寂しいね。私が入社した頃から、失敗続きでつらいときも、結果が出て昇進したときも、花子ちゃんはずっと見守ってくれていたんだ。知らない人にはただの人形かもしれないけれど、私にとっては、花子ちゃんは大切な看板娘だよ」という常連の悲しむ声も流れた。「どうか花子ちゃんを返してください」と、従業員が声をそろえて言う。花子失踪《しっそう》時の服装が出て、情報をご存知《ぞんじ》の方はお店まで、という連絡先のテロップも流れた。

コーナーが切り替わって、夏のスイーツ特集が始まる。さっきまで沈んだ表情だったレポーターも、何事もなかったように明るい表情に切り替わった。藤子は興味を失って、テレビを消す。

ケースを綺麗《きれい》に磨いて、ふと、視線をあげてカレンダーを確かめる。そこに印があるのを見つけて、ため息をついた。

とうとうこの日がやってきてしまった。朝から憂鬱《ゆううつ》で仕方が無い。今日は恐怖の職場訪問の日だ。小学校五年生の社会科かなにかの課題で、お店に行って一時間お話を聞き、インタビューをまとめてきましょうという、夏休みの課題のための校外学習がある。このトトキ時計店は昔からの協力店なのだった。今までは母がずっと対応してきたのだけれど。

地域との触れ合いを通して、子供の自主性を育てるという意味合いもあり、教師は引率だけして、簡単な挨拶《あいさつ》をすると帰ってしまう。

どうやら、やってきたのは、反抗期まっただ中の、近所でも有数の悪ガキグループらしい。入り口でもおしあいへしあいして、全員入るのすら大騒動だった。

「静かに！」と、メガネで真面目《まじめ》そうな班長の女の子が言ったところで聞くはずがない。とくに、店にいるのがまだ藤子だけだということで、完全に舐《な》めてかかっているのか、ちっとも統率がとれない。班長が、静かに！　と言うと少しはおさまるものの、あっちでもこっちでもおしゃべりだらけ、ふざけ合いが始まって、ついには班長の子も半泣きになるというありさま。まだ開始十分だから、「あのそろそろもう帰って欲しいんだけど」とも言えず。残りの、あと五十分が苦痛だ、と思いながら、ちらりと窓の方を見ると、背の高いのと低いのが、怪訝《けげん》そうな顔をして店の中を覗《のぞ》いている。

お手上げだー、のポーズをしてみせると、ふたりとも、にやっと笑って上階へ戻っていったようだ。

なんだよ、もう。

「しずかに！　しずかにしてください！　男子！　だ・ん・しィィ！」

「うるさくしてませーん。班長の方がうるさいでーす」

キイイィーとか笑い声とかがぐるぐるうずまいて、うずまいて、頭がくらくらしてきたときに、店の扉が開いた。

ジャンとアキオだ。ふたりともそろいの白シャツにネクタイとベストなんて着ている。そうするとなんだかドレッシーな装いになっていて、藤子もちょっと黙った。ベストはふたりの身体《からだ》にきっちりと沿っていて、ああ、やっぱり、こういうのは仕立てて作ったのかなあ、と思う。憎らしいくらいにふたりによく似合っていた。

「これを、見ましょう」

ジャンが持っているものは、中央がくびれたガラスのオブジェのようだった。綺麗に澄んだガラスの中を、砂がさらさら落ちていく。

砂時計？

砂時計にしては、砂っぽくはなく。落ちていく様もふつうの砂ではなく、一粒一粒が、ちょっと跳ねるようになっている。跳ねながら形を作って……

「何」「何あれ」とざわざわしていた子供たちが、次第に黙り、その砂時計の様子にじっと目をこらすようになった。

藤子もじっと見てみると、それは砂ではなく何かの粒らしい。さらさらと落ちては、砂《さ》漠《ばく》の地平線のようにひとりでに平らになる。

最後の一粒が、ガラスのくびれを通過すると、誰《だれ》の口からか、ほう、というため息が漏れた。

砂時計の中の静寂のように、いつしか、店は、しんと静まりかえっている。

ジャンが、外国語で何か言うのを、アキオが同時通訳した。

「こちらは、マーク・ニューソンのアイクポッド、アワーグラスという時計です。小学校からお越しの紳士淑女《しゅくじょ》のみなさま。トトキ時計店にようこそいらっしゃいました」

即座に、小学生の背筋がしゃんと伸びる。

「では店長代理の十刻藤子さんに、ここでご挨拶《あいさつ》をいただきます」

というので、しどろもどろになりながら、建物は貿易会社から買い取ったもので、ここでひいおじいさんの時代から時計店をやってきたという、トトキ時計店の沿革などを簡単に話す。

「質問しても良いですか」さっきの賢そうな班長さんが、こちらをまっすぐに見つめている。ジャンとアキオもいることもあって、気が大きくなり、「ええ。なんでもどうぞ」と余裕の微笑《ほほえ》みをうかべながら言ってみる。

「あの。時間って、何ですか」

え。

時間は時間でしょうに、と思う。（時間は時間ですよ）と言いたいところだったけれど、それでは答えになってないような気がする。小学生たちは、それぞれ真剣な目で藤子の答えを待っている。

時間って、何だ。

いきなり、そんな哲学的な問いが来るとは思わなんだ。

「時間とは、ですね……一分とか……二分とか」うーん、と考えこんでしまう。

アキオが、では、と子供たちの前に立った。髪を整髪料でちょっとなでつけている。さすがに背筋を伸ばして凛《りん》とした顔をすると、なかなかにできる奴《やつ》に見えるのだった。

「その問題にはですね。いままでに数々の人々が挑戦してきました。アリストテレス、ガリレオ、ニュートン。〝時間とは何か〟という質問は、とてもよい質問であると言えるでしょう」

褒《ほ》められて班長が照れた。

「ではわたくしからみなさんへの質問になります、一日はどうして決まりますか」

一周歩いて止まり、両手を開いてみせるところなんて、どこのＩＴ会社のＣＥＯだよと思う。アキオには偉そうな身振りがよく似合った。

しばらく子供たちはそれぞれに考えているようだった。

「太陽が、昇って、沈んで、また昇るから？」

「そうその通り。時間とは、ある意味、人間のつくった区切りだと言えます。朝が来て、夜が来る。春が来て、夏が来る。人間は、そういった自然の変化を見て、それを区切ることを考えたんですね。季節の巡りを区切って三百六十五日、一日の巡りを区切って二十四時間、その一時間を区切って六十分というように、どんどん細かくしていったのです。もしもときを区切っていなければ、いつ麦の種まきをしたら良いかも、だいたいになってしまいます。子供が生まれる時期すらもあてずっぽうです。予測ができません。たいへん不便ですね」

こつ、というアキオの靴の音が響いた。子供たちがうなずいている。

「よって、中国では、日食をあらかじめ布告することが、皇帝にとってのとても大事な役目となっていました。〝明日、竜《りゅう》が太陽を食べるであろう〟みたいに、皇帝が予言を行い、その予言の通りに太陽が欠けていけばどうでしょう。民は皇帝の不思議な力を信じ、その太陽までをも従える能力にひれ伏したのですね。ちなみに、日食の予報を外してしまった科学者は、即座に死刑になったようです。コンピューターも何もない時代、日食、月食を予測するのは、たいへん難しいことであったと思います」

死刑、と聞いて子供たちがまた、しんと静まる。そもそもパソコンも何もない時代に、何十年かに一度来る日食やらを、よく予測できたものだと思う。その時代の科学者に生まれなくて良かった。

「あのー。じゃあ、なんで時計は十二時までなんですか？」

他の質問が来た。

そんなもん十二時だから十二時なの、と言いたかったけれど、そういえば、何で十二時なんだろう。

「昔、フランス革命暦という暦の時代がありました。そのときは時計の文字盤の数字は十二でなくて十まででした。一日は十時間、一時間は百分、一分は百秒だったのです」

なんとなく想像してみる。一番上が十だ。すっきりしていていいけれど、なんだか変な感じもする。

「でもですね。その十時間の時計は、すぐに誰も使わなくなってしまったんです」

「なんで」

「ここでひとつわたくしからの問題を。今から、親指以外の、片手の指の関節がいくつあるか、数えてみましょう」

みんなで数えてみる。藤子も数えてみた。

「十二」

という声が聞こえる。

「親指で押さえて、関節を数えてみるとどうでしょう」とアキオが言い、人差し指の先から一、二、三……と数えだした。

「こうすれば、片手でも、十二までは数えられるということになりますね。十二は、二でも三でも四でも割れる便利な数字です。では、余ったもう片方の指では五を数えることができます。十二掛ける五は？」

すこし子供たちが考える。

「六十」

「そうです、六十。ということは、両手で六十までは数えることができますね。六十は、一、二、三、四、五、六で割れるので、いろいろと都合が良い数字とも言えます。お菓子を、お友達と分けるときも、ケンカになりません。十二と六十、その特別な数を、人は時間の単位の基準としていました。ずいぶん昔から、バビロニアを起源とする六十進法が、もうひろく定着していたのです。ですから、フランス革命暦の、十時までしかない時計は、すぐにみんな使わなくなったというわけです」

と、まあ、アキオに解説のほとんどを譲って、ようやく解散となった。あんなに騒がしかった子供たちも、そろいの服をぴしりと着こなしたふたり組に、外国語と日本語とで、「では小学校からいらした紳士淑女のみなさま。ごきげんよう」などと言われると騒ぎようもなく、二列縦隊みたいになって帰っていった。

ひとり、ショートパンツをはいた顔色の悪い男の子が、「あの。お手洗いを」と言って列から戻ってくるので、案内してやる。トイレから出てきても、調子が悪いのか、膝《ひざ》を抱えるようにしてしゃがみこんでしまった。

「大丈夫？　先生呼ぼうか」と言うも、「たぶんちょっと座っていたら大丈夫。ありがとうございます」と辛《つら》そうにしている。

「風邪《かぜ》気味なのかな」と、その子の伸びかけの前髪をはらって、額に手を当てて見るも、じんわり汗をかいていて、むしろひんやりしている。

「あんまり、寝てないだけ。大丈夫」

「ゲームのやり過ぎはよくないよ」と笑うと、その子は「ゲームじゃない」と呻《うめ》いた。

アキオがおぶってやろうか、と言うと「大丈夫です」と、首を横に振る。

「誰にも信じてもらえないんだけど。僕の部屋。出るんだ」

「何が」

「ユーレイ」

おう。と黙る。

「トーコ。ユーレイは、何？」とジャンが不思議そうにしている。アキオが訳してやると、急にわくわくしてきたようで、ジャンがいろいろ聞きたそうにしている。どこの国でも、子供はオバケとかのオカルトには興味があるみたいだ。

「ユーレイなんて。寝ぼけてるんだよ。大丈夫大丈夫。オバケなんて本当はいないんだからさ。気のせい気のせい」と軽く流そうとしたら、その子は目を見開いた。「僕は嘘《うそ》をついていない」

「またまたあ」と、本気にせずにいたら、「そんなに言うなら僕の家に見に来たら良いよ。ぜったいに本当だから。誰にも信じてもらえないんだけど」などと言う。

子供は華原洋介《かはらようすけ》と名乗った。家もまあまあ近所だ。部屋は、二階建ての屋上に増設した部屋ということだった。外階段もあるということなので、ユーレイ見物の日は、あらかじめ入り口の鍵《かぎ》を外しておいてもらうことになった。

洋介の家は、観光客でにぎわう谷中側ではなく、狸坂《たぬきざか》からちょっと入ったところにある、閑静な住宅街のあたりだった。

挨拶に行くと、なるほど、箱のような二階建ての建物に、あとから外階段と子供部屋をくっつけたような作りをしている。周りの背の高い建物に三方を挟まれて、ちょっと肩身がせまそうな家でもある。

洋介の母親は「まああすみませんねえ。この子は妙に怖がっちゃって」と笑う。「足音だ！　とかって一階まで起こしに来ることもあるんだけど、上がっていったらもう聞こえないのよ。何かの勘違いだと思うけどね。録音しても何が何だかよくわからないし」と言う。いかにも細かいことを気にしない感じの体型のお母さんだと思った。

ぜひ日本のユーレイをこの目で見てみたい、ということになり、ジャンとアキオと藤子の三人で連れだって、土曜日にお邪魔することになった。子供は寝る時間だというので、先に部屋で寝ていてもらって、屋上で三人、夜明かしをする。

東京の夜に、なまあたたかい風が吹く。薄闇《うすやみ》の中、雰囲気上、みんなでDVDを見て待ってるわけにもいかないので、なかなかに暇なのだった。適当に、その辺の地べたに座ればいいやと思っていたら、アキオが曳《ひ》いてきた大荷物の中から、そつなく折りたたみの椅《い》子《す》を出してきた。それに腰掛ける。

荷物の中から、ピクニック用のバスケットも出てきた。アキオがバスケットを開け、白いテーブルクロスを出してきて余った椅子に敷く。バスケットの中からキャンドルと銀のキャンドル立て、ワインクーラー、ワイングラスも出てくる。保冷バッグまで持ってきていていたれりつくせりだ。ワインクーラーに氷を入れ、中にワインではなくジュースのボトルを入れた。リベッラというスイスの国民的炭酸飲料らしい。キャンドルに火を点《とも》し、リベッラが冷えたところを見計らって、三人で乾杯する。

リベッラは、ほのかな甘みと炭酸のさわやかな味がした。アルコールでないのが惜しいが、オバケが出たときに酔っ払っていたら何もならない。藤子はなんとなく、サンダルを脱いでみた。裸足《はだし》の足の裏に温かみがふれる。夜とはいえ、まだかなりのぬくもりがある。屋上は、コンクリートむき出しではなく、保護のためか、緑色のつやつやした塗料が塗られているようだった。

みんなで、ぽつりぽつりと話をする。ジャンの学校の話と、藤子の小学校の話、アキオの修業時代のおかしな先輩の話。どうして時計に興味を持ったかなども。

「トーコ。僕の時計。宇宙が見えます」

ジャンの左手首を見てみれば、なんだかやたらめったら針の多い時計で、いつが何時だかよくわからない。子供らしく、デジタル時計でもしておけばいいものを。どんなエリートビジネスマンでも、さすがにこんなに針はたくさんいらないだろう。

「確かに綺麗な時計なんだけど、何時なのかよくわからない。これは蛇？　なんで蛇が。蛇は何時なの」

それを聞いたアキオが、おおげさなため息をついた。

「藤子、それは蛇じゃない。ドラゴンだ。アストロラビウム・ガリレオガリレイ。ユリス・ナルダンの天文三部作のうちの一本、そのメカニズムはまさに――」

「そうだ、かき氷アイス食べる？　さっき買ってクーラーバッグに入れてあるんだけど」

「たべるたべる」とジャンが嬉《うれ》しそうになるのを、アキオが「俺の話をとりあえず聞け！」と言うので聞く。

アストロラビウム・ガリレオガリレイ。黄金のケースに、長針と短針が青。それだけでなく、そのほかにも針がある。黄金のドラゴン針と太陽の針、銀色をした星の針、全部合わせて五本の針があるのだ。よく見ると、星占いでも見るような十二宮の文様もある。

なんでもこのアストロラビウム・ガリレオガリレイは、天文時計で、時間だけではなく、月の形や、現在の天空とも対応しているらしい。日本の空にはぴったり対応していないらしいけれど、確かに、言われてみればその方向に、目印になるような明るい星があって面白い。スピカやアンタレス、シリウスなど、有名な星の名前がいくつも書いてある。日の出と日の入りの時間にも対応しているということだ。

しかしこの針の多さはいったい。中はどうなっているのだろう。

かき氷アイスはジャンも気に入ったようだった。舌を出して色を見せ合う。

「そしてこの針。月の針、太陽の針と、蛇の針が重なるとき。何かが起こる」

「何」

アキオが、ためてためて、おもむろに口を開く。

「日食だ。日食と月食にも対応しているんだ。針の重なりは、ドラゴンが月と太陽を食べることを意味している。だからこの針はドラゴンになっている」

「日食って、そんなにないよね？　何十年かに一度だよね？」

そういえば、と藤子は思う。あの大時計でも、長針と短針を動かす歯車があった。それだけでもかなり複雑だったのに、この時計はこの小さなケースの中に、月や星や時間や、日の出やらなにやらに、刻々と対応する歯車を入れていることになる。その歯車の歯の数は全部違い、それぞれにゼンマイの動力を伝えながら、正確に今の時と暦、太陽・月・星の位置を指し示す――。

「ちなみに、永久《パーペチユアル》カレンダーも搭載している」

「なにそれ永久カレンダーって」

「機械式時計は、日付の表示が三十一日周期になっているものがある。一から三十一まで数字が回って、今日が何日かわかるようにしてある。でも当然、一年のうちにはひと月が三十日の日もあるだろ。そうしたら、持ち主は年に五回、ずれた日付を調整しなければならない。たとえば四月は三十日しかないから、五月一日の朝になったら、持ち主は、ずれた日付を正しく合わせる。それが儀式だと言う人もいるけれど、正直、わずらわしいと思う人もいるだろう。変な時間に時刻を合わせると、時計が痛む場合もあるし」

　藤子は、自分だったら、たぶん、何回か忘れちゃうだろうなあと思った。

「でもこの時計はユリス・ナルダンの天文三部作のうちの一本、アストロラビウム・ガリレオガリレイだ」

　アキオが、手の指をそろえてぴんと伸ばし、時計を指し示しながら厳《おごそ》かに言う。まるで自分で作ったかのように誇らしげだ。

「永久カレンダーにより、持ち主は年に五回の日付調整から解放された。ということは、この月は長い、この月は短いといった、四年分の全日付データを、正確に、歯車の組み合わせだけで表現できるということになる」

　アキオは簡単に言ったけれども、よく考えてみれば、中はどうなっているのだろう。一から三十一までの日付の数字が、時計の中でぐるぐる回るだけだったら、なんとなく想像もつくけれど、ただの歯車で、どうやって、日付の調整が可能になるのだろう。

「ちなみに閏年《うるうどし》にも対応している」

「閏年って、四年に一回のあれ？ 二月が一日長くなるんだよね」

そうだ。とアキオがうなずいた。

「普通の時計では、四年に一度の閏年には対応できない。だから、閏年になったら、持ち主が正しい日付に合わせなければならない。でも、この永久カレンダーを持つアストロラビウム・ガリレオガリレイは、その必要もない。つまりは、この時計の中には、一〇〇年で一周しかしない歯車があるということだ。その歯車は、ケースの中で、自らが動くその時を、じっと待ち続けている。今この時も」

アキオがそこでいったん言葉を切った。

「――そう、二一〇〇年、三月一日、月曜日までは」

えらくこまかい日付が出てきた。「なにその二一〇〇年、三月一日月曜日って細かい日付は。その日は何があるの」

「いいか、閏年は四年に一回来るけれど、話はそんなに簡単じゃない。ところで、コンピューターの二〇〇〇年問題を覚えているか」

思い起こす。たしか、そんな騒動があったような……

「あれは単純に、多くのソフトが、年表示を二桁《けた》にして処理していたので、区別ができずにバグが起きたという問題だった。あともうひとつは、西暦で、四で割り切れる年は閏年として処理するが、例外があって……待て、俺が紙に書くから藤子、寝るんじゃない。おい寝るな」と、揺り起こされる。アキオが万年筆とメモ用紙を荷物から出してきた。

「閏年は、四の倍数だ」

アキオが意外に綺麗な字で、2000、2004、2008、2012、2016、2020……と書きつけた。

「こんな風に四の倍数が閏年なのはわかるだろ。じゃあ、問題はここからだ」

2080、2084、2088、2092、2096

「藤子、次は？」

「えーと。2100。だから、閏年！」

「はい残念」

「違うの？」

「閏年には例外ルールがある。一〇〇で割りきれるけど、四〇〇では割りきれないときは閏年じゃない。じゃあ、問題の二一〇〇年は一〇〇では割れる。四〇〇でも割れるか」

「割れ……ない」

「一〇〇で割れても、四〇〇で割れないから、閏年じゃない」

「すげえ、ぜんぜんわからない」

「簡単に言うと、一〇〇で割れても、四〇〇で割れない年、一九〇〇年、二一〇〇年、二二〇〇年、この三つが、ややこしい特別な年となる。ということで、さっきの話に戻るが、二〇〇〇年問題だ。二〇〇〇年は、四でも割り切れて、一〇〇でも割り切れるから閏年じゃないんじゃないかと思いきや、四〇〇でも割れるから閏年という例外的な閏年だったんだ。それもバグが起きる原因となった。そういったイレギュラーなものに、基本、機械は弱い。まあ、とりあえず、藤子には、今度やってくる二一〇〇年は特別な年だということだけ、覚えておいてもらおう」

ジャンも笑う。「僕も、子供に時計をあげるときに、二一〇〇年によく気をつけて、と言います」

「そうだ。だから、二一〇〇年の時計職人は、誤差修正の対応できっと忙しくなる」

さらっと言ったが、平均寿命から行くとその頃はたぶんアキオはいない。ジャンはどうだろう。そんな未来では、どんな日常が送られているのだろうか。そして自分はどうなっているだろう。藤子は想像を巡らせる。

この時計を持ってて、そんなに先の閏年までずっと使うかどうかは怪しい。人生なんて八十年くらいだ。長くても百年……でもまあ、それはそれですごい……かもしれない。

「ふうん」

アキオがガッツポーズをする。「聞いたかジャン、藤子の〝ふうん〟に、ついに心がこもった。さっきの〝ふうん〟は多少なりとも心が動いた〝ふうん〟だぞ」

ジャンがハイタッチしてアキオを讃《たた》えている。「トーコ。よかったです。時計はうつくしい機械」

上機嫌になったアキオが、蘊蓄を続ける。

「さて、アストロラビウム・ガリレオガリレイの、この天文カレンダーは、この先、何年分まで対応しているでしょうか」

「えーと。五百年とか？」

適当に数字を出すと、アキオが不敵な笑みを浮かべた。

「違う。十四万四千年分のカレンダーに対応している。星の動き、日食や月食の天体データにも」

「十四万四千年って、ええと、誰も生きてないよね、当然。人類がまだいるかどうかも怪しい」

「まあね。俺はロマンの話をしているんだ」

藤子は空を見上げる。東京の空はどこか薄明るくて、星もあんまり出ていないのだけれど、視線の先の先には、広大な宇宙が広がりを見せている。あの星たちの光は、何年前に星を出発した光なんだろうとぼんやり思いをめぐらせる。あの星からしてみれば、この星にこうやって生きている自分の人生なんて、一瞬にも満たない短い時間だろう。

今年の夏で、二十五回目の夏となる。

あと何回の夏を楽しめるだろう。それは誰にもわからない。藤子にも、ここにいるジャンたちにも。三人ともに、最後の夏が過ぎたとしても、ジャンのこの時計だけは、ずっと時を刻み続けるのかもしれない。

誰もいない地球で、この美しい時計だけが時を刻んでいる様子をちょっと思い浮かべてみる。まあ、巻く人もいないから止まっているだろうけれど。アキオの言うロマンの話は全くわからないなりに、その光景はなんだか素敵に思えた。

「まあ、それ、なかなか良い時――」

トーコが言いかけたそのときだった。

ザッ。音が響いた。

あとのふたりにも聞こえたらしく、身体をこわばらせたまま動かない。

遠くで鳴ったその音は、だんだんと近づいてくる。こちらへ。

底の厚い靴が、地面を蹴《け》ったような音。

ザッと一カ所だった音がザッッザッザッと固まり押し合い、群れをなしていっきに押し寄せてくる。

ひとりじゃない。数名がこちらに重い靴を引きずりながら押し寄せてくる。足音の上に足音が響き、ザッひとつの足音をザッ踏みつけてザザザッザザザそれを乗り越えてザザザザザこっちへ。

「いるでしょ」

真後ろからささやき声がして、藤子はものすごい悲鳴を上げた。

両側から同時に腕を摑《つか》まれる。

「僕いるっていったでしょ。来るよこっちに。アレは、いつもこっちに来たがってるんだ。こっちに」

ふいに静寂がやってきた。

「何……あれ。今の」

冷えた身体に、不意に風がきて、ぞくりと肌を粟立《あわだ》てる。気がつけば、全身に汗をかいていた。

音は確かに聞こえた。

「やつらは、またやってくるよ。きっと。お姉さんたちの家にもたぶん」

その日は黙りがちになりながら、三人とも帰った。ごろごろと響くアキオのスーツケースの音に重なって、いつまでも耳の奥にあの足音がこびりついて離れない。

次の日、部屋に来たアキオもよく眠れなかったようで顔色が悪かった。髭《ひげ》もそっていないようで、伸びて無精髭《ぶしようひげ》みたいになっている。いつもはぴしりと着こなしているシャツもよれよれになっていて、襟もくつろげている。アイロンがどうとかも考えられなかったらしい。

「眠れた？」

「飲んで強制的に寝た」

「道理で酒くさい」

アキオは髪をなでつけて、眉間《みけん》をすこし揉《も》んだ。「藤子は」

「あんまり眠れなかった」

顎《あご》の所に手が来て、どれ？　と目を覗き込まれる。「赤い目して」と笑った。

「きやすく、さわるな」と言うと、そのまま頬《ほお》をむにむにされた。

「ジャンは」

「まだ寝てる。朝方まで何か作業してたと思う」

藤子は昨日の音を思い出していた。

「ねえ。あれは何だったと思う？　やっぱり心霊現象なのかな……」

「まさか。この世にそんな現象があってたまるか。俺もジャンもスイス産だから日本のユーレイとは規格が違う」

と、むちゃくちゃな理屈を言う。

「じゃあ、あれは何」

そんなことを言っているうちにジャンが上の階から降りてきたが、目の下が真っ黒だ。

「僕、つくりました」

見れば一本の柱なのだけれども、びっしりと天使が舞い……あれ？　と動きを止めた。

「桃太郎《ももたろう》？」

「ももたろう。本で読みました」

見ればちゃんと犬と猿とキジが、ヨーロッパの聖堂に飾られているようなタッチで立体的にかたどられている。桃太郎が大きく手を上げて船の舳先《へさき》でポーズを取るのは、ちょうどナポレオンが馬に乗ったあの肖像画のようでもあり、オオカミ犬ぽい犬は毛の一本までを風になびかせて遥《はる》か先の鬼ヶ島を睨《にら》む。そして太陽が斜めに光を落とす中、キジの広げた羽は光の一本までを通し、猿はじっと目を閉じて瞑想《めいそう》を続けている。

これ、後に価値とか出ちゃうんじゃないかな、と思った。こんな芸術作品のような物をどうしろと。

「これをヨースケに」

魔除《まよ》けにしてもすごそうだ。これが似合う日本家屋の玄関はあまりなさそうだけれど、洋介に渡すことにする。

「わかった、ジャン、渡しに行こうね」と言うと、ジャンはこくりとうなずき、目をこすった。

その木彫りの魔除け桃太郎を渡しに行ったら、母親にはずいぶん恐縮された。どうやら、洋介はあれから本格的に体調を崩し、昨夜から、少しも眠れなくなってしまったのだという。脳波などの検査もかねて、四日ほど入院することになってしまったらしい。「やつらが来る……」とうわごとのように繰り返しているのだそうだ。足音が聞こえたのは空耳ではなく、藤子たちも聞いているので本当なのだけれど、この怯《おび》えようは本当にただごとではない。

アキオもジャンも気の毒がり、何度も赴くが謎《なぞ》の足音は収まらず、その後もジャンとアキオによる調査は続くこととなった。

毎日のように遅くまで帰らないふたりが心配になってくる。時計を見るともう一時を回りそうだ。ジャンもまだ成長するだろうに、こんなに夜寝ないで大丈夫なものか、ちょっと気になって玄関のドアを開けた。

藤子は、開けるなりちょっとした違和感を覚えた。

らせん階段に何かがある。

見れば、水滴だ。

その水滴は、水がじわりとにじんだ、小さな足形になっている。階下から点々と続いている。

——いるでしょ——

今日も、その前も、ずっと晴れ続きで暑い日が続いていた。その足跡は、まっすぐに藤子の部屋のドアに向かっている。

そこで立ち止まり、水を滴らせたまましばらく佇《たたず》んでいたようだった。さっきまで……確かに、何かがここにいたことは確かだ。

——やつらは、またやってくるよ。きっと。お姉さんたちの家にもたぶん——

藤子は急いでドアの鍵を閉めると、キッチンで塩を探し、あいにく切らしていたのでとりあえず玄関の扉のすぐ裏に、塩昆布《しおこんぶ》と梅干しのビンを置いた。

朝方まで眠れなかったけれど、寝返りを繰り返すうちに寝てしまっていたらしい。月曜日、起きたらすぐにジャンたちを起こしに行く。

寝ぼけて目をこすりながら起きてきたジャンが、シルクのパジャマ姿で「トーコ。おはようございます」と言う。ちょっと寝癖がついていたりして、美少年が眠たげにしていると三倍可愛らしくなることを藤子は今知ったが、それどころではない、昨日の水の足跡だ。聞こうと思った矢先にジャンが口を開いた。

「ユーレイ。つかまえました」

本当に謎が解けたのかな、と半信半疑ながら、洋介の家に電話する。自分の人生で、

「すべての謎が解けました。関係者の皆さんはトトキ時計店までお集まりください」というセリフを、実際に口にする日がやってくるとは思わなかった。

そろいの白シャツとネクタイを付け、ジャンとアキオが両側に立つ。そのカウンターの中央には、いわくありげな何かが置かれている。ベルベットの布がかけられているので、何かはわからない。

かわいそうなくらいにやつれた小学生、洋介は、その布をこわごわ見つめている。

「それ……何なの」

「ユーレイをつかまえました」

とジャンが言うので、洋介は変な声を上げて母親の後ろに隠れた。

「お集まりのみなさま。こちらに、すべての心霊現象を解く鍵を持って参りました」とアキオが厳かに言う。

「ではご覧ください」と、さっと布を取りはらった。

時計?

見るからに高価そうな銀の置き時計がある。銀枠のガラス箱の中に、時計の部品が浮いたように入っていて、文字盤自体も空中に浮いているように見えて美しい。六時の部分では、今日の月の形がわかるような仕掛けがなされていた。文字盤の下に、幅の広い銀の輪が水平についている。その銀の輪は、ゆったりとした動きで、右へと回っている。ある程度まで回ったら、次はまたゆっくりと左へ回り出すといったように、なんとも優雅な横回転を繰り返している。

「この時計は、ジャガー・ルクルトのアトモスという時計でございます。アトモス・クラシック・ムーンフェイズ」

部屋がしんと静まり返る。

「で、この時計が何がどうユーレイなの」と聞くも、アキオは、「まあまあ、まずはこの時計の説明から」などと言う。

「時計には、電池を使うもの、手で巻いてゼンマイに力を蓄えるもの、どんな時計にせよ、何か、歯車を動かすための動力が必要になりますね」

それはそうだ。何もしなくていい時計なんてあるはずがない。

「しかし、このアトモスは、手で巻く必要も無ければ、電池を入れる必要もありません。それでいて半永久的に動くのです」

「じゃあさ、太陽電池とかなの」

「もちろん太陽電池でもありません。ただ置いておくだけで、動き続ける時計なのです。さすがはジャガー・ルクルトの置き時計。ジャガー・ルクルトは、世界三大ブランドと呼ばれる、パテック・フィリップ、オーデマ・ピゲ、ヴァシュロン・コンスタンタンにも、内部の部品であるムーブメントを供給できるだけの技術力を持っているという、すばらし

い メーカーです。ローマ教皇など世界の偉人たちに愛されてきた、この美しき置き時計、アトモス――」

アキオは全員の顔を見回してもったいをつける。蘊蓄を思う存分語れるのが、もう嬉しくて嬉しくて仕方が無い様子。

「手巻きでもなく、電池でもない」アキオがためにためる。「この時計を動かすもの。それは〝温度〟です」

温度？　暑いか寒いかという温度？

「アトモスは日本語で〝大気〟を意味します。このアトモスは、空気の温度差を動力に換えることができるという時計なのです」

「僕の好きな時計です」とジャンがさらっと言うが、毎度毎度、この子はとんでもないなと思う。

「こちらの部分をご覧ください」と時計の横面が見えるよう移動させられる。「みなさま恐縮です。こちらの時計の振り子のワイヤーは大変に細く、内部機構も極めて繊細なため、一度設置したら、動かすことは控えなければなりません。ですのでこの時計は、机の上で一センチ程度動かすことも、推奨されてはおりません。何らかの必要があって動かすときは、ワイヤーを完全にロックしなければならず、運搬も、純正の専用箱と梱包材《こんぽうざい》に入れなければ動かしてはならないのです」

横から覗いたアトモスは、なんてことのない普通の置き時計に見える。

「こちらの中の部分、カプセルのような、ボンベがあるのがわかりますでしょうか」

見れば、確かに銀色のぴかぴかしたカプセルのようなものが、右に二つ、左に二つある。

「この中には塩化エチレンガスが入っております。密封された塩化エチレンガスは、気温により膨張したり収縮したりします。その体積の差を動力として、この時計の機構全体を動かすことができるほどの力が生み出されるのです。たった一度の温度差で、この時計が作動する二日分の力となります」

藤子は温度計を想像する。温度が高くなると温度計の赤が上がり、寒くなると下がる。その上下をどうにかして、どうこうすると時計になるのか……。

「昼と夜がある以上、朝晩で一度以上は必ず気温が変わりますね。ですので、この時計は、時を刻み続けるというわけです。そう、半永久的に」

言い終わって、アキオが満足げな顔をした。

「で。これのどこがユーレイなの」藤子が言う。

「あっそうでした。それが本題でございました、失礼。キーワードは温度差です。心霊現象が始まったのは、夏になってからですね。気温が上がってから。ここひと月のことでしょう」

洋介が、うん、とうなずく。

「調べによると、雨の日はその現象は起こっていません。なぜなら、その現象が起こるためには、屋上が日光により、十分に温められて熱を持っていなければならないからです」

たしかにあの日も昼間は暑かった。

「昨日、実験的に、数時間ごとに散水し、屋上を冷やしておいたときには現象は起こりませんでした」

散水。昨日の足跡は、実験でびしょ濡れになったふたりの足跡だったのか、と思う。

「夏の直射日光で温められた屋上の素材が、夜、ゆっくりと冷やされることによってその体積が収縮します。それにより、表面の塗料と屋上との間に体積差の歪《ゆが》みが生まれた。その歪みがあの音を生み出し、本来なら小さな音であるその音が、まわりの建物に反響して、あたかも誰かの足音のように聞こえたのです。これが昼間と夜間の表面温度の差をグラフに表した物です。差が大きい日と、謎の音が聞こえたときとは、完全に一致しています」

「じゃあ。あの音はユーレイではなかった」

「ええ。洋介君がもしも音を止めたければ、昼間に散水して表面を冷やしておけば、もうユーレイは出ないはずですよ」

洋介の顔に笑顔が戻った。顔色もよくなったようで安心する。

帰っていく洋介たちを見送った後、丁寧にアトモスの後片付けをした。

「しかしまあ、よく調べたね……暇なの」

「まあ、気になることはとことん調べるのは我らスイス職人の気質だ。完璧《かんぺき》を目指してこそ、アトモスのような超絶精度の時計ができる」

アキオは胸を張ってそう言うが、アキオの尻《しり》ポケットに畳《たた》まれて入っている紙が気になった。

後ろを向いた隙《すき》に、さっと取り上げるとアキオが慌てている。

開いて見ればさっきのグラフだ。よく見れば、表面温度の差がそんなにないときにも、一度だけ謎の音が聞こえているのがわかる。指で押さえていたのだ。

「ここ何」

「これは……まあ、一日くらいは誤差みたいなものだから」

「でもこの日も音が鳴っているのだったら、さっきの温度差の仮説みたいなのは、全くあたってないことになるのでは」

「いいんだいいんだ。ああやって、この音は足音じゃないんだって恐れなくなるだけで、彼の安眠は守られる。こういうとき日本語でなんと言うのだったか。有名な物語の最後で。そう、めでたしめでたしだ」

「めでたしめでたし」

ジャンも真似《まね》して言う。

「めでたし、なのかなあ？」

そういうものなのか、と思っていたが、洋介はあれから嘘《うそ》のように回復したということで、魔除けの桃太郎のお礼に、お団子を持ってきてくれた。わざわざ、さんさき坂を上って、お寺の方まで行って買ってきてくれたらしい。餡《あん》たっぷりの草団子だ。

「あれから音は気にならなくなった？」

さっそくお団子をいただきながら聞いてみる。やわらかくて美味《お い》しい。「だんご」とジャンも喜ぶ。アクセントがタンゴと似ている。

洋介も、お団子をほおばりながら笑った。

「うん。この音はユーレイじゃなくて、ただの温度差なんだなって思ったら、ぜんぜん気にならなくなったよ。よく眠れるし。ありがとう」言いながら、洋介がポケットをごそごそさせる。「僕のおじさんが、白山神社の盆踊りでサイダー屋さんやるの。これ、二百円分の引換券、三人分あげる。九月だから、まだちょっと先なんだけど、よかったらジャン君もアキオさんも、藤子さんも来てね」と、出店の引換券をくれた。

祭りには浴衣《ゆかた》だろうということで、ふたりの買い物に付き合う。行先は銀座で、老舗の呉服屋だった。どうやら知り合いのつてがあるらしい。すぐに決まるかと思いきや、ふたりとも着るものには細かいこだわりがあるのか、素材から色味から迷いに迷って、なかなか決まらない。呉服屋さんも、そういう好みのうるさい客の方が燃えるのか、あれこれ反物を出して見せてくれる。仕立ては、祭りまでには間に合うということだった。

見ているうちに、藤子も久しぶりに浴衣を着たくなった。すでに仕立てあがっていて、小物もセットになっているものを、お財布と相談しながら買ってみる。深い紺の、朝顔柄のものだ。

お祭り当日、着つけてもらって、髪もきちんと結った。「トーコ！」ジャンが両手を広げ、そのあとにいろいろ外国語で言われる。

「ええと。ジャンが、いま、何と言ったかというと……輝く太陽が、その閃光《せんこう》を──惑星の──」と、そこまで言って、なぜかアキオの方が照れている。「訳……いる？　大体わかるだろ？　俺も昔こんなだったのかな、いやこんな感じじゃなかったと思う、思春期男子は熱烈だ……褒《ほ》め言葉が宇宙規模だ」

ジャンは白地に細かく紺の模様が散った爽《さわ》やかな浴衣で、どうやらその細かな点、ひとつひとつを糸で絞ってから染め、そんな柄にしてあるということだった。アキオは紺色がかった黒の浴衣で、渋くきめている。それぞれあんなに迷っただけあって、よく似合っていた。ふと見れば、今日は腕時計をしていない。

「今日は、ふたりとも時計は？」と言うと、ふたりとも帯の間から、さっと懐中時計を出してきた。時計には、綺麗な組み紐《ひも》のようなものが付いている。

「腕時計は浴衣にひっかかるらしいと聞いたから、今日は懐中時計にした」とアキオが言った。

「ねつけ、を買いました」とジャンも言いながら見せてくれた。根付は、時計の紐の先に付けるアクセサリー兼、帯から時計を落とさなくするためのもののようだ。ジャンは獅子《しし》で、アキオは龍《りゅう》だった。ふたりとも細かい細工が好きなようで、獅子も龍もたてがみ一本、うろこ一枚まで緻密《ちみつ》に彫られている。

「トーコ」とジャンが笑って、そっと懐中時計のガラスを、藤子の右のほっぺたにあててくる。

アキオも同じようにして、懐中時計のガラスを藤子の左のほっぺたにあててきた。ふたりして、なんのおまじないだろうと思う。

「ほら、温かみが違うだろ?」

言われてみれば左右で温かみが違う。ジャンの方があたたかくて、アキオの方はひんやりしている。

「時計の風防が、ガラスか、硬質プラスチックか判別するには、見た目ではわかりづらいけれど、頰につけたら一番よくわかる。ひんやりしているものがガラスだ。いまの感触を覚えているると、ノミの市とかでも迷わない」

「ジャンの方が温かいっていうことは、ジャンの方がプラスチックなの」

ちょっと意外な気がした。

「硬質プラスチックは、いわゆる今のガラスが普及する前に使われていた。ジャンの懐中時計は、アンティーク中のアンティークだからな。俺のは、俺が修復したもので、年代が新しいからガラスが使われている」

時間まで、谷中全生庵《ぜんしょうあん》や天王寺《てんのうじ》をカラコロ足音をさせながら観《み》に行く。

「あつくないです」「夏は毎日着たいくらいだ」などと、ジャンもアキオも浴衣を気に入った様子。

会場の白山神社は祭りの人でにぎわっていた。櫓《やぐら》からは八方に提灯《ちょうちん》が連なり、盆踊りの曲が流れる。

いかにも運動神経の良さそうなアキオが意外にぎこちなく、「え、右？　それからまた右手？　え？」と慌て、ジャンはジャンで若干、長い手足がバレエの動きっぽくもあり、そこだけ不思議な空間になっていた。

係の人に何かを手渡されたと思ったら抽選券だった。あとで抽選会をやるらしい。

綺麗な声が聞こえる。ふと見れば、小学生の男の子が、一緒になって音頭を歌っていた。見事な高音、こぶしもきいていて実に上手《うま》い。

「僕、声が」

見れば、ジャンが、のどに手をやっている。

アキオがにやりとした。

「小さい頃《ころ》の、ジャンのボーイソプラノは天上の声とか言われてたんだが、確かに昔のように高い声は出なくなったなあ。ジャンも、だんだんとこうやって俺みたいにすね毛もいっぱい生えて、青々とひげも生えて、日一日とおじさんになっていくんだ」とアキオが言う。

「夢のないこと言わないで！　アキオみたいな、こ汚い感じにならなくていいから、今のまんまで可愛くいてほしい」と言うと、ジャンが困ったように、顔をくしゃっとさせて笑った。

「汚いとか言うなよ、俺の胸毛はなあ、セクシーな女性のみなさんがたにはけっこう人気あるんだぞ」と浴衣の襟をくつろげようとするので、「見ない！　見ない！」と叫んだ。

その数日後、ふと、テレビをつけると、ワイドショーで、盗まれていたカッパの花子人形が無事に見つかった、という喜びのコメントが流れていた。

その人形はと言うと、建物と建物の隙間《すきま》で発見されたのだという。見覚えのある路地に、藤子は音量を上げた。よく聞いてみれば、洋介の家と他の家との間の、ほんの隙間だ。

まさかね。

ふたりが降りてきたので、ついでに付け合わせのトマトなどを洗ってもらう。フォークを渡して、トマトの湯むきも頼んでみた。

お湯がぐらぐらと湯気を上げる様子を見ながら、何気なく聞いてみる。「ところでさ、あの謎解きをする前の日の夜って覚えてる？　調査で水をまいたんでしょ。ふたりとも、そんなにずぶ濡れになったの？」

アキオはしばらく考えていた様子だった。

「いや。そりゃしぶきはかかっただろうけど、そんなには濡れなかったと思うけどな」

ジャンも首をかしげている。

そういえば、そこまでふたりが調査でずぶ濡れになったとしても、この家までずっと濡れた状態のまま、ぽたぽた滴を垂らし続けているというのもちょっと無理のある話で。

「トーコ、どうしたの？」

「なんでもない」

藤子は深く考えないようにするため、三人分のオムレツ用の卵白を、とりあえず思い切り混ぜて混ぜまくる。

〈幕間〉時計師ふたりの日常５

時は少しさかのぼり、小学生の職場訪問の日。

その日は、小学生が質問に来るのだとは、藤子からあらかじめ聞いていた。少し覗いてみようという話になった。

帰って来るなり、アキオとジャンはトトキ時計店内の惨状を目にする。

階段を上りながらジャンが言った。

「年端《としは》もいかないとはいえ無礼な子らだ。とくにあの男児ふたりの行動は目に余る」

自分もまだまだ十七歳になったばかりのくせに、口調だけはしっかり大人なので可笑《おか》しくて仕方が無い。

「そうですねえ、市場を操作して親もろとも、路頭に迷ってもらいましょうかね」などと、冗談で言うと、ジャンが腕をさっとなぎ払い、「先祖の山から更地《さらち》にしろ」などと物騒な事を言い出す。

「まあまあ。冗談だよ冗談」となだめた。ほんとうにやりそうなので釘《くぎ》を刺しておく。

「そんなことよりも、平和的解決をした方が藤子も喜ぶんじゃないか」と、家に着くなり、クローゼットを開ける。ふたり分、ずらりと並んだネクタイを眺めた。

「どれで行く？　マリネッラ？　タイユアタイ？」

視線で選んで、鏡の前、ふたりしてネクタイを締めると、同時にきゅっと絹なりの音がした。

第六章　暗闇に響くミニッツトリピーター

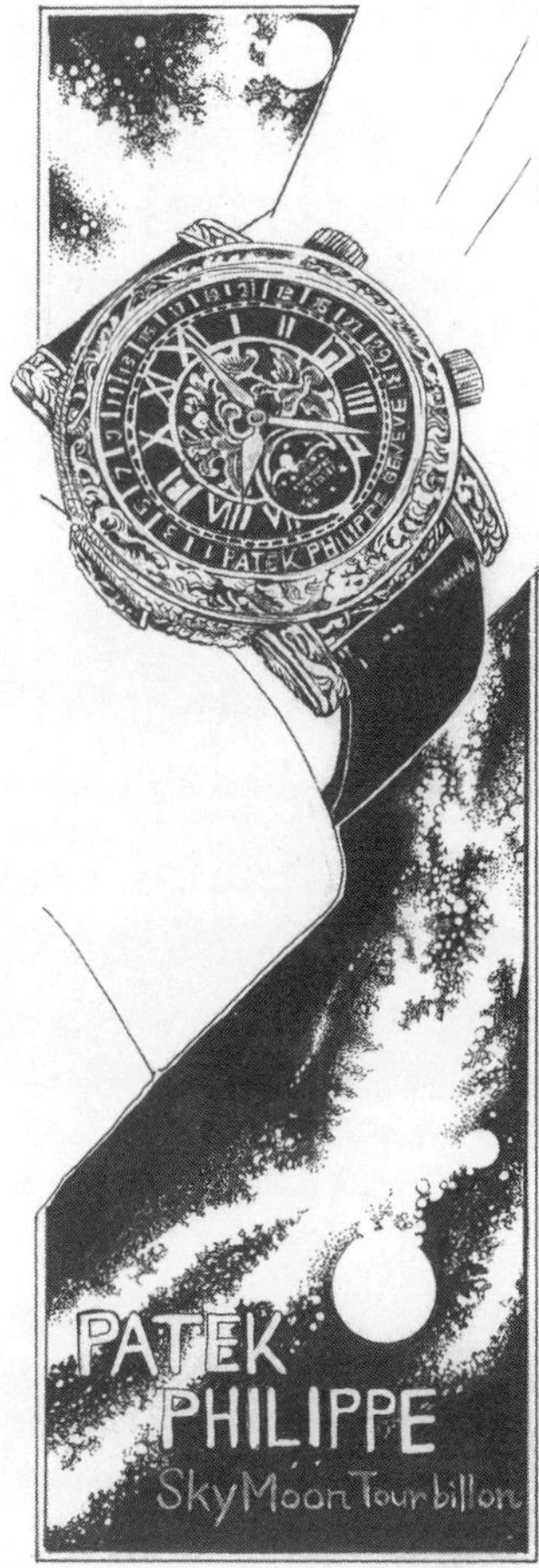

昼下がりは眠気との戦いになる。瞼《まぶた》が重くなってきて、がくん、と首が揺れたりするのを、一応、店番だからな、などと瞼をこじ開けて宙を見据《みす》えたりする。クーラーの冷気が心地よい。

今日もジャンとアキオがどこかから帰ってきたようで、いつものように店に寄る。

「トーコ。買いました」

ジャンが言うので見てみると、ジャンの手のひらの上に、複雑に機械が組み合わさっているような銀色の四角がある。スマホよりは小さい四角形だが、スマホ三枚分くらいの厚みがある。

持たせてもらうと、ずっしりと重い。

何だろう、懐中時計だろうか。精巧な機械なのは見た目でわかるけれど、針もないし文字盤もないし、手のひらの上で見ただけでは、それが何なのかまったく見当もつかない。

「これ何?」と聞いてみる。

「カメラです」

どう見てもカメラには見えない。

ジャンが丸の部分を引き出して、後ろの部分も引き出した。そうすると、少しは様子がカメラらしくなった。丸蓋をはね上げると、中にレンズも見える。後ろから覗かせてもらうと、ちゃんとファインダーがあって、小さいけれど、これは本当にカメラなんだなとわかる。

「ジャンは、カメラも好きだったっけ?」と聞くと、「初めて、買いました」と言う。それなら、もっとこう、カメラらしいカメラを買えば良いのに。デジカメとか、いくらでもあるだろうに。

「このカメラは、俺たちでも修理ができるらしい」

アキオが、意外なことを言い出す。

「でもカメラでしょ。カメラと時計って、中身もかなり違うでしょ。なんで時計職人のアキオたちにも、カメラの修理ができるの」

「このコンパスは、ルクルトが作ったカメラだ。時計メーカーのジャガー・ルクルト。だから、シャッターも時計用ゼンマイが使われている。機構の図も見せてもらったけど、本当に中は時計とよく似ていて驚いた。表面の仕上げも、ほら」とアキオがそのカメラを指す。表面を見れば、地の金属に、うっすらと縞《しま》模様がついている。段になっているのかと思えば違っていて、触ると平らになっている。磨きで縞模様のように見せているらしい。

「時計と同じ、コート・ド・ジュネーブ仕上げになっている」

へえ。と思う。言われてみれば、見た目も、時計とどことなく雰囲気が似ている。

「どこにあったの、こんな骨董品《こっとうひん》みたいなカメラがいまどき売ってるなんて」と聞いてみると、わりにご近所だった。千駄木《せんだぎ》の近くにそんな店があったとは。

「彼は、フランス語が上手。発音が、すこしかわいいです」とジャンが言う。

カメラ屋の主人が、フランス語ができたので、いろいろ話がはずんでジャンはたいそう楽しかったらしい。ドイツ語も少しできるのは驚いたと言う。フィルムを加工して入れてくれたようなので、今度カメラごと持って行ったら現像をしてくれるとのこと。

「えーと。妻？　奥さんが、かわいいです」「だよな」とふたりして笑っている。

ジャンがカメラを構えて「トーコ」と言うので、とりあえず両腕を大きく上げてポーズをとってみた。

お客さんが来た気配がする。藤子は上げた手を下ろしながら、あんまり驚いたので「えっ」と小さく言ってしまっていた。

店を訪れたのはご近所の猪原《いのはら》ミツ恵《え》さん。ミツ恵さんと言えば、度の強いメガネをかけた、肝っ玉母さんという感じの、誰《だれ》がどう見てもおばさん中のおばさんだったはずなのに。

短い髪をちりちりみたいなパーマにしていて、ヒョウとかトラとか、そんなのどこで買うのというトレーナーみたいなのをいつも着ていた。たまに、息子さんのお下がりのジャージなんかも着ていたのを覚えている。どちらかというと、おばさんよりもおじさんに近い……というようなイメージだったはずだ。

それが、今や肌はつやつやして、口紅も綺麗《きれい》、髪もなんだか明るく染め直し、ふわっとさせている。服も明るいラベンダー色のワンピースに五センチのヒール、どう見ても素敵になっている。メガネもいつの間にか、コンタクトに。

なによりもその表情が、ほわんとして柔らかい。

「ミツ恵さん、え。ど、どう、どうしちゃったんですか」と聞くと、ミツ恵は夢心地で微笑《ほほえ》み、「ときめき……」などと言う。

もしやミツ恵さん、不倫かと身構える。たしか、もうすぐ六十になろうというくらいの歳《とし》なのに、いったいどうしちゃったんだろう。

「あの、何か、あったんですか。何事ですか」

聞いてみると、どうやら先月、町内会の仲良しの集まりで五十代女子たちがそろって、フランスに行ってきたのだという。

フランスについて、アキオとジャンがいろいろと聞き出すと、ミツ恵は上機嫌で行った観光地についていろいろとしゃべり始めた。

もしかして、ワールドワイドな不倫なのだろうか、と暗い気持ちになる。

それでね、まあ、美術館に行ったんだけど……と語り始めて、ミツ恵の頬《ほお》がぽうっとなる。ぽうっとなったまま、そうそう、美術館に行ったのよ……美術館に行ったんだけど、美術館に行ったんだけどね……と、カウンターに指先で意味不明の図形を描《か》きながら、どうどう巡りする。

「そこで出会いが？」と、アキオが、にっこりして聞く。「ロマンスは人生のスパイスですからね」

うふふ、と笑ってミツ恵は、「もう、やあだー、そんなんじゃないわよう」と笑い、照れながらアキオの胸を叩《たた》いた。結構痛かったのかアキオがさすりながら苦笑いしている。

「こっちでは報道されてないとは思うんだけど、実はね、美術館で、何か、停電というか、施設の電気系統がおかしくなったらしいのよ。それでね、古いエレベーターだったんだけど、途中で止まって真っ暗になっちゃったのね。わたし、お手洗いに行って帰ってくるところだったから、友達とはちょうど離れて、そのときひとりだったの」

「それは大変でしたね」

外国だったら余計に心細かろう。

「気が動転してメガネを落としちゃって、あっ、と思ったらわたし、自分でメガネを踏んじゃったのよ。ほら、わたし目が悪いから、メガネなしじゃ本当に何も見えないのよね。まあ真っ暗だしね。荷物もガイドさんに言われてロッカーに預けた後だから電話もないし、そうこうしているうちにも、エレベーターが下にどーんと落ちるかもしれないじゃない。怖いのなんのって。パニックを起こして過呼吸みたいになっちゃって」

それは大事《おおごと》だ。

「そうしたらね。あとひとり乗ってたのよ……」
目がキラキラする。
「わたし外国語ぜんぜんできないけどね、その人がすごい紳士だっていうのはわかってね
え。落ち着くように、声をかけてくれて、そっと背中をさすってくれて。隅《すみ》でふたりで座
って、救助を待ったの。なんだろう、香水なのかな、とても良い匂《にお》いがして」
すっかりミツ恵さんが乙女に見える。
「渋くて優しい声でいろいろ話しかけてくれてるんだけど、ぜんぜんわからなくて、とり
あえず日本語で相づちをうったりして。でもなんとなく心と心で通じ合うというか」
ふう、とため息をつく。
「暗闇《くらやみ》だから時間がわからないんだけど、どのくらい待っただろう、とにかく長い時間が
過ぎたの。このままずっとこうやって閉じ込められたままとか嫌だわ、とか、息苦しくな
ってまた不安になってきたときにね。不思議な音がしたの」
「何の音ですか」
「それがね、聞いたことのないような美しい音よ。この世の物でもないような。これは天
使たちが星降る夜に打ち鳴らす、小さな鐘だと思ったわ……」
あのミツ恵さんの口から、そんな詩的な表現が出るとは。ときめきおそるべし。
「時計……そう、あれは時計の音だった」

ミツ恵は口を閉じて、遥《はる》か遠く、たぶんパリの方角を見た。

「それから救助されたんだけど、わたしメガネがないから、助けてくれた紳士の顔もよく見えなかったの。日本語で、ありがとうございますって言ったんだけどね。わたしのパリでの思い出はこれでおしまい」

ミツ恵は、ちょっと潤んだ目で視線を手首のあたりに落とした。

「でも、あの時計、一体、なんだったんだろうって気になっちゃってね」

「美しい旅のロマンスです」

アキオが言う。

「彼の時計がわかったら、あの日の思い出に、わたしも欲しいなと思ったのよ。パソコンの動画とかで探しても、なんだかよくわからないの。本物じゃないと、あの美しい響きはわからない」

そう言うので、この店で鳴る時計を全部鳴らしてみる。「えー、ぜんぜん違う違う」と言う。「もっとこう……カンカン？　いや、チリチリ？　リリリ？」と、ミツ恵が説明するも、音を言葉で表現するのは、なかなか難しくて伝わらない。もっと独特の音がするらしい。

その話を聞いていたジャンが、「僕の時計を、上から持ってきます」と言う。ミツ恵には、「あ、このふたり、実家が時計屋さんだから、時計にいろいろ詳しいらしくて。スイスから来た、時計職人さんの兄弟」と簡単に説明した。

ジャンが持ってきた時計は表面がガラスになっていて、文字盤に中の機構がいろいろと透けて見えるようになっている。いつも子供のくせに、エレガントなデザインが多いジャンの好みには珍しく、ケースが艶消《つやけ》しグレーの八角形で文字盤は黒。長針と短針は銀で、秒針のみが鮮やかな黄色だ。全体にごつごつしていて、ケースは六角形のビスで留めてあり、なんだか男性的な形をしているなと思った。やっぱり何かの部品が、くるくるめまぐるしく動いている。

ジャンが操作すると、チーンという音が数回鳴った後、カンコン、カンコン、という音程が二つ変わる音が響いた。

アキオが、その音に、うむ、とうなずく。ミツ恵に向き直った。

「この時計はオーデマ・ピゲのロイヤルオーク・コンセプト・スーパーソヌリ。低音と高音の組み合わせで時間がわかるようになっています。最初の音が時間、次に十五分単位を表す音、最後が端数《はすう》です」

もう一度鳴らしてもらうと、最初の音がチーンと四回鳴った。だから四時、次にカンコン、と音が二回鳴る。カンコンひとつは十五分だから、それが二回で三十分、最後にカーンと鳴って、一分。

なるほど、これなら文字盤を見なくても時刻がわかる。四時三十一分だ。

「ああ、あの方はやっぱり時計で時間を教えてくれていたのね。いま、何時だから、安心していい、救助はもうすぐだと」

　ミツ恵の頬がまた、ぽうっとなる。

「この音については、楽器職人のみならず、音響学者や音楽学院の教授、それに時計師でチームを組んで開発に当たったそうです」

　裏面がよく見えるように、アキオが時計を示す。

「時計の中に反響板もついていて、ストラディバリウスといった楽器の名器同様、とにかく音の響きにこだわりぬいた逸品です。中でハンマーが、針金のようになっているゴングを叩いて音を鳴らしているんですが、普通の時計の中で、ゴングで音を鳴らしただけでは音がこもって、この澄んだ響きは出ません。時計が複雑になればなるほど音はこもって響かなくなります。ミニットリピーターは、複雑時計の中でも、作ることの難しさにかけては、トップクラスの時計だといえるでしょう。ハンマーを削り出すのは人の手ですが、ほんの少しでも削りがすぎれば、音のバランスは全く変わってしまいます」

　アキオはうやうやしくその時計を捧《ささ》げ持った。

「このロイヤルオーク・コンセプト・スーパーソヌリは、音のための開口部があるために、こんなに澄んだ音を響かせることができるのです。この音は、音の専門家と時計師が作り上げた奇跡です」

んー。

という声が響いた。ミツ恵だ。

「んー。でもね、この音も良いけど。もっとこう、何か違うのよね……」と言う。

「あまりにときめきすぎて、脳がフワーッとなって、音も美化されてるんじゃないんですかね」

藤子が言ってみる。

「なんかね、もっと違う音がしたのよ。重なりがあるっていうか、太い、っていうか。なんて表現したら良いのか」

ミツ恵の言葉に、アキオの眉《まゆ》がぴくっとなる。「太い、音」

ミツ恵は、「ほら、わたし一応、民謡やってるから、耳は確かなのよね」と言う。

するとジャンが「僕の家には、ほかの時計があります。音が綺麗な時計です。とても」と言い出した。

ジャンを遮って、アキオが外国語でダメだと言っている様子。（何を言ってるんだダメだ）（ぜったいダメだ）（とにかくダメ）みたいな響きはよくわかる。

アキオは、ミツ恵に向かって「まあ、それでしたら仕方ありませんね。お力になれずすみません」と言う。

「そうよねえ……」

ミツ恵は手をひらひらさせて笑った。

「いいわいいわ。まあわかんないと思ってたから別に」と言う。「音だけで時計がわかるなんて、誰にも無理だと思うし。まあ、スイスから来た時計職人さんとかでも、そりゃ無理でしょ？　音だけでって、そんなの、わかるわけないわよねえ」

明るく言うミツ恵に対して、アキオが笑みを浮かべながらも目を据わらせている。内心そうとうイライラしているらしい。

「まあ大丈夫よ、わからないならわからないで……スイスの時計職人さんとかでも、無理なら仕方が無いしねえ。まあわかるとは思ってなかったから、最初から」

その言葉がアキオの負けず嫌い精神に、燃えさかる火をつけたようだった。

アキオが腕組みをしながら、ジャンに向き直って、うむ、とひとつうなずく。するとジャンはどこかに急いで外国語で電話をかけ始めた。短い通話が終わった。

「あさって、定休日の月曜日。同じ時間に来てください」とアキオが言う。「きっと時計の音の謎《なぞ》は解明されることでしょう」

当日の午後になると、何か外に気配がすることに気付く。窓から覗いてみると、店の周りには体格のいい男たちが並んで取り囲み、無線で連絡を取りながら表を警戒している様子。あれがジャンの護衛かな、と思う。

車の列が止まり、店に荷物が運び込まれてくる。

トランクを開けてみると、頑丈そうなトランクひとつずつに、スポンジのようなものがみっしりと詰められ、中に豪勢なケースがぽつんと埋め込まれるように入っている。それを警備の人たちが、うやうやしくカウンターに等間隔に置いていく。ケースもひとつずつ、顔が映るぐらいに磨かれた木に、金の彫刻がはめてあったりして、それぞれ意匠を凝《こ》らしていて美しい。入り口も屈強な男たちが固めているので、通行人も何事かと見ながら通り過ぎている。

「これ、僕の家から、もってきました」

ジャンが、八個ある時計をひとつひとつ、鳴らしていく。カン、カン……キンコン、キンコン……時計の音はどれも美しく響いたが、注意して聞いてみると、どの時計も雰囲気というか、音の色が微妙に違う。

「作業風景をオープンにしている工房でも、この音を出す機構については、職人は誰にも、同じ工房の他の職人にもその作業風景を見せないということがあるという。それほどにデリケートな職人技なんだ」

アキオがつぶやいた。

ミツ恵は最後のひとつが鳴り終わるなり、「わあ、そうそう！　これだ！　この音！」

と言った。藤子にも確かに音が違って聞こえた。今までの音がカンカンという澄んだ音なのに対し、音を「太い」と表現したミツ恵に、なるほどなと思う。確かに、太いというか、もっと響きが重なり合っているような気がした。

文字盤が黒の時計だ。

「これは――パテック フィリップ ミニットリピーター Ref.5079……カセドラル・ゴング、響き渡る鐘の音だ」

アキオが唸《うな》った。「なるほど」なんて言っている。

ミツ恵は時計の名前をメモして、喜んで帰っていった。「パテック何だっけ、フィリップね。うん、ネットで探してみるわ。楽万市場にあるかしら。ありがとう」

見慣れない時計が、こうやってカウンターに並んでいるのは壮観だった。

ジャンが見せてくれた中で、藤子は、ひとつの時計が気になっていた。文字盤は深い青だ。どういう仕組みなのか、文字盤が裏と表の両方についていて、裏返すと綺麗な星空が出る。キラキラした天の川みたいな柄に、シンプルな銀の針がついていて、縁《ふち》にはツタかなにかの植物のレリーフがぐるりとついている。

「この時計、綺麗かも」と言って、手に取って腕に無造作に巻いてみる。シンプルで美しい。

眺めてみると、本当に良い感じがする。ふわっと裾《すそ》が広がった青いワンピースなんか着て綺麗に着飾って、ヒールも履いて、最後に手首にこの時計をつけてみたらどうだろう。すごく素敵な気がする。

「これは、ちょっと大きいし、重いけど、まあ、綺麗は綺麗だと思う。音もいい音だったしね」

「トーコ！　好き？　気に入ったの？　ねえ好き？　欲しい？」とジャンが嬉《うれ》しそうになるのを、隣でダメだダメだ……絶対ダメだぞと、アキオがつぶやいている。

なんだか鼻がむずむずする。くしゃみが出そうで、鼻をこすった。

「トーコ、欲しい？」

「いいよ。こういう時計ってやっぱりすごく高いんでしょ。ほら……百万円とか、二百万円とか」

アキオが首を横に振った。

「百万円じゃない……それはパテックフィリップのスカイムーン トゥールビヨン ミニットリピーター Ref.6002Gだ。桁《けた》が違う」

「もしかして……あの、い、一千万？　とか」

「値段を言うのは無粋だから、触れたくはないが、参考のために、あえて。日本円にして一億五千万だ。いまはプレミアが付いていてたぶんもっと高い。ちなみに隣に並んでいるのも、すべて五千万円以上する。ジャンがおとつい上の部屋から持ってきたチタンのオーデマ・

ピゲも、あれは六千五百万くらいか」

　くしゃみの気配が、遠い時空にひっこんだ。

　巻いていた時計をこわごわ外して、無言でケースに戻した。そのまま椅子《いす》にへたりこむ。

「アキオ……止《と》めてよ……くしゃみ、でるところだった……」

　もしも手が滑って落としていたらと思うとぞっとする。

「なんでそんなに高いの。だって、時計だよね？　腕時計ひとつに、一億、一億五千万って」

　この世には、下手したら一戸建て三軒分より高い時計なんていうのもあるのか。材質はなんだか知らないが、重さで言えば、たぶん宝石よりもずっと高価なのではなかろうか。

「音が鳴るミニットリピーターだけでも高価だけれど、ここにトゥールビヨンが搭載されることで、もっと高価になる」

「トゥールビヨン……って何」

　そういえば、どこかで聞いたことはある。

「フランス語で渦巻きの意味だ。そうだな、ジャン、上にもあったろ、セントラルトゥールビヨンが」

「あります」といい、ジャンが上の階まで行って、時計を手に戻ってきた。前から思っていたけれど、この子はいろいろととんでもない。

「この時計は、ベアト・ハルディマンという独立時計師が作った、ハルディマンH1・フライング・リラ・セントラルトゥールビヨンだ」

見れば、時計の真ん中、丸い銀の精巧な部品がずっと右回転に回り続けている。回り続けている箇所の中、そこの中でもまだ複雑な機構が、個々に細かな回転を見せている。この前出てきたチラネジもついている様子。その佇《たたず》まいに、なんだか目が離せなくなる。たしかにとても美しい。こんなふうに精巧な部品がぐるぐる回り続けている時計を左手首につけていたら、いつまでもじっと眺めたくなるだろうなと思った。

「とてもうつくしいです」

ジャンも言う。

「うん、すごく綺麗。この時計、生きてる感じがする」

「この回っている部分がトゥールビヨン。回ってるから、渦巻きみたいだろ」

言いながら、アキオが机から付箋《ふせん》を取って丸め、固く巻いた。

「これが、時計のゼンマイだと思ってくれ」

その丸めた付箋を縦に持つ。

「昔は懐中時計だったから、時計は腰から下げる物だったんだ。こんなふうに」

腰のあたりに付箋をさげた。

「ずっとこのままの向きにしておくと、ゼンマイも複雑機構も下の方に偏《かたよ》ってゆがみ、だんだんと時計が狂ってしまう」

アキオが言いながら、付箋を触って楕円形《だえんけい》にした。

「向きが同じだったら、当然ゆがむ。だったら、この機構やゼンマイごとぐるぐる回したら、ゆがまないんじゃないか？　って考えたのが、偉大なるアブラアン＝ルイ・ブレゲ。トゥールビヨンの発明だ」

言いながら、アキオが付箋をぐるぐる回す。

なるほど、見れば時計の真ん中もぐるぐる回り続けている。これならどんな向きに傾けても狂わないだろう。

「まず俺たち時計師は、時計学校に三年とか四年行くだろ？　それから長い修業期間がある。そこで選ばれたごく少数の時計師のみ、トゥールビヨンの組み立てを任されるんだ。とりあえず手先だけは器用な奴《やつ》が集っている中で、飛び抜けた神業みたいな技術を持つ奴にしか、トゥールビヨンの部品は触れることすら許されない。この小さな回っている部分だけで、だいたい八十個以上の部品でできている」

こんな人差し指の爪《つめ》の先半分くらいのスペースに、よくこんなに部品を組み合わせて、それも絶え間なくなめらかに回り続けるようにしたものだと思う。しかも電気は使っておらず、ゼンマイだけの動きで。いったいどういう仕組みになっているのだろう。

「でも、ジャンは作ったんだっけ、トゥールビヨンを」

そういえば、記者の人がジャンを見て何か言っていたのだった。たしか、ジャンは前にトゥールビヨンを作っていたはずだ。

ジャンが何か言うのを、アキオがちょっと通訳する。

「あれは、個人的な習作だったからアキオがちょっと言ってる。CNC旋盤《せんばん》も使ったし、無から生み出したんじゃなくて、偉大なる先輩方のお手本があったからこそ、自分のような若造にもできたのだと」

本人はいたって謙虚だ。

アキオはどうなんだ、と思ったが、言わないところを見ると、あんまりそこは触れて欲しくなさそうなので、あえて触れずにおく。

ふと、藤子の頭に疑問が浮かんできた。

「でもさ、懐中時計じゃなくて、腕時計だよね？　そんなに重力って関係するんだっけ。腕って、縦にも横にも動くよね？」

アキオが、痛いところを突かれたような顔をした。

「まあ……正直に言うと、姿勢差はそんなに出ない。だから、トゥールビヨンがあってもなくても、今の時計の精度はそう変わらない。だから、トゥールビヨンは必要ないって断言している時計学者もいる」

あってもなくてもどっちでもいいものに、何億円か……時計の世界に気が遠くなる。

「でもいいんだ。こんなに美しくて優雅ならすべて良しだろ？　見ているだけで満足だ。時計にはロマンがある」

「時計はうつくしい機械です」

藤子は、わからないなりに、この小さな機械の中、世界中の時計職人たちがより美しく、より精密にと、繰り広げてきた闘いの道のりを思う。

ジャンが、ちょっと片手を上げて警備に目配せすると、時計たちが、ケースに収められ、また厳重にパッキングされ運ばれていく。

「さっきの、ミツ恵さんがそうだと言っていた、カセドラル・ゴングがついた、ミニットリピーターRef.5079。あれは、今は生産中止になってしまったから、よけいに希少価値が高いんだよな。確かに音が良い」

ミツ恵さん、ネットで値段を見て、今頃、白目をむいているだろうなあと思う。というか、そんなのをつけて気軽に美術館とか行っちゃうなんて、どんな紳士だったのだろう。

「あのミニットリピーターは、資金があれば誰でも買えるという物ではない。何度か購入履歴のある人で、安定した収入と地位がある人のみ購入することができる」

作る側も選ばれし者なら、客もまた選ばれし者でないといけないらしい。何度か購入履歴があるという時点でどうかと思う。サラリーマンの生涯《しょうがい》年収とかで、一生何も食べなくて服も着ないでようやく買えるかどうかの時計を、何本も買えちゃうという人は多分あれだ、庭からダイヤモンドや石油が湧《わ》いて出ているのかもしれない。

ジャンが言う。「パリで、ミニットリピーターを持つ人は、僕、たぶん、知ってます。でも、知らない方が、ミツ恵さんの……」

「夢」

アキオが付け足した。

「ミツ恵さんの夢が、うつくしいです」

藤子は、一億の重みをまだ手首に感じたまま、くしゃみして落とさなくて良かったと大きく息をつく。

〈幕間〉時計師ふたりの日常 6

アキオとジャンは、寝る前の時間、リビングでだらだら話をするのが習慣となっている。ジャンはリクライニングチェアに寝転んで脚を伸ばし、アキオがロッキングチェアに寝てゆらゆらさせながらというのがお互いの定位置だ。

ジャンが難しい顔をして、日本語で言う。

「〝あなたは、わたしの宝です〟」

「〝Du bist mein Schatz.《あなたは、わたしの宝です》〟か。〝Schatz《宝》〟ねえ……、ドイツ語での意味は〝愛してる〟になるけど、そうは日本語では言わない」

アキオが言うと、ジャンはしばらく考えている様子だった。

「〝わたしのねずみ〟」

「それは絶対日本人は言わない。怒るかも」

ジャンと、日本語での愛の表現の話題になった。基本、にやにやしながら聞いている。

「じゃあ一般的になんて言うんだ。〝愛してる〟と言うのか」

「それもあまり言わないんじゃないかな……　〝愛してる〟とは、実際には、口に出して日本人は言わない気がする」

ジャンがむくれる。

「アキがはっきり教えない」

「いや、難しいんだよ、なんとなくだから。その、あんまり表現しないというか。〝好きです〟とかもあるけど、実際はそんなに言わない気がする」

「じゃあ日本人同士ではどうしているんだ。アキは日本に十四歳までしかいなかったから、本当は知らないいんじゃないのか」

ジャンは半ば怒ったように言うが、文化差は仕方がないので、そういうものだとしか言えない。

「おいおいジャン、俺が十四歳でモテていなかったとでも？　俺のスイス行きが決まったときには、学校中の女の子が全員泣いて女教師も泣いて授業にならなかった話、まだしてなかったっけ。今する？」

「結構だ」

「でもまあ、お互いに、まあ、なんとなく雰囲気で、なんとなくの間でわかるというか。なんとなくだ。察する感じだ」

「あいまい文化め」

ジャンはまだ難しい顔をしている。

第七章　独立時計師への道のり

熱がこもらないように、屋上への扉を開け放つと、風が入ってきた。扉の形に切り取られた青空はどこまでも澄んでいて、雲が気持ちよさそうに浮かんでいる。いつもは、かっちりした服装を好むふたりだけれど、このときばかりはTシャツに膝丈《ひざたけ》のパンツみたいにラフな格好になる。藤子も、ショートパンツにTシャツを着て、近所の米屋さんからもらったタオルを首に、力を込めてハンドルを回す。

定休日の月曜は、恒例の大時計おもり巻き上げデーとなっていた。もうこの作業にも慣れてきた。筋トレだと思えば良い。

最後に藤子が巻き終わり、「よっしゃー」と息をついてガッツポーズする。首から巻いたタオルで汗を拭《ぬぐ》った。

「トーコ」ふと、ジャンに呼ばれた。「電気。つかいますか」

ジャンは、じっとこちらを見ている。アキオも静かに笑った。

「藤子。大変だろ」

そう言われて、はっと気付く。ジャンが戻らなければならないという、十月末はもうすぐなのだということに。誰《だれ》もが、それについては口に出さずにいたのだった。

なんとなく、このまま三人で、ずっとこうやっておもりを巻き上げるのだと思っていた。

いつの間にか、三人でいるのが当たり前になっていた。毎朝声を掛けて、たまに朝ご飯をごちそうになって、毎晩三人分のご飯を作って。

もう来月か。

こうしているうちにも、時間はどんどん流れていくものなのだと、いまさらのように気付く。

「ま。時計に囲まれた毎日を送っていたはずなのに。

「ま。ロマンはロマンで大事だけど、これ、藤子だけで毎週巻けるかなと俺たちも心配なんだ。遠慮はするな」

少し考えてみる。

この店で、ひとりになった後のことを。

「このままでいい」

藤子が言うと、ふたりとも驚いたようだった。

「いや、藤子、けっこうこれ力いるし、毎週のことだし。看板として針を固定してもいいんだぞ」

「大丈夫だよ」

屋上はいつも通りがらんとしている。ここに三つの影がのびるのが、いつものこととなっていた。もうすぐひとりの生活に戻るんだと思う。

「この鐘の音、嫌いじゃない」

ジャンが、遠くを見ようと、双眼鏡を持ち出してきた。屋上から、じっと町並みを見ている。街の遠くまでを眺めている背中が、夕焼けを背景に見える。ジャンはゆるっとしたTシャツを着ていて、それが風にゆるやかにはためいている。

藤子とアキオは、その後ろ姿を座って眺めていた。

「可愛《かわい》いだろ」

「うん」

ふたりして静かに笑う。

「来る前は、部屋から出てこられないほどだったらしいのに、こんなに元気になってなによりだ。良い感じに肉もついた。俺がこうやって、日本までついてきた甲斐《かい》があったというものだ。兄として嬉《うれ》しい。まあ、兄って言っても、偽《にせ》の兄だけどな」

ジャンを見るとき、アキオの目はひときわ優しくなる。

「ジャンは、復学したら、今の時計学校をあと二年で卒業する。卒業したら、一族の系列の時計会社のどれかに入社して、そこで時計職人の一員として経験を積んでいくことになるだろう」

「時計職人だけど、時計会社の会社員になるってこと？」

アキオがうなずく。

ジャンは、これからどんどん忙しくなるんだな、と思う。

風が吹いて、ジャンのTシャツが大きくはためいた。背中がちらりと覗《のぞ》く。長い手足に、細い背中だ。これからどんな大人になるのだろう。

アキオが、外国語で何か言った。（落ちるなよ）と言ったのか、ジャンは笑って、ちょっと縁《へり》から下がった。

藤子は、なぜだか、この前見た美しいトゥールビヨンの時計を思い出していた。独立時計師の人が作ったという、存在からして奇跡みたいな美しい時計だ。

「時計会社では、ジャンとアキオはどんなことをするの」

「設計部は設計を。組立職人は組み立てを。針を専門に作る職人は針を、音を出すハンマーを研磨して、調整する職人はハンマーを。エナメル職人もいれば、ストラップの革職人もいる。あと、俺みたいに、アンティーク時計の修復もたくさんすることになるだろう。過去の天才の作品を修復することは、よい学びになるから。そうやって、職人としての技術と経験を積んでいく。何年もかけて」

自分がアルバイトして過ごしてきた期間を、この子は職人として歩んでいくんだな、と思うと、なんだか切なくなる。やりたいことを見つけて、それに向かって一直線に歩いて行く姿はまぶしい。

「まあ、独立は何年も経験を積んだそのあとだ。時計職人としてじゅうぶんに機が熟したら、ジャンは、アカデミー《AHCI》という、独立時計師協会があるんだが、そのアカデミー入りを狙《ねら》いにいくだろう。独立時計師になるために。俺もいつかはと思っている」

「ねえ。その独立時計師になるのって、そんなに難しいの」

「グループを作って分業制で作業する人もいるけれど、俺たちが目指す独立時計師は、それまで会社で、針の職人なら針、エナメルの職人ならエナメルと、それぞれの得意分野に分かれてやってきたようなことを、設計から組み立て、何から何までひとりでこなす。たとえば、針の製作は、外周の面取りから研磨、それから青焼きにしても、ものすごく精密な作業になる。一生をかけて針だけを作り続けるという職人がいる中、独立時計師は、その職人の上をいかなければ、独立して時計を作る意味は無い」

独立時計師の〝独立〟とはそういうことなのか、と藤子は思う。

「それはそれは長くて険しい道のりだよ。会員は、世界にほんのわずか、数十名しかいない。まず、アカデミー正会員二名の推薦をうけて、アカデミー準会員になるだろ。そうしたら、三年の間に二回、時計の新作を発表するんだ」

「時計を、発表？」

時計なんて、そんなにぽんぽん発表できる物なのだろうか。

「世界の誰もを、おお、と唸《うな》らせるくらいの発明をほぼ年に一回ペースで。誰も見たことのない仕掛けや大発明――たとえば、文字盤の数字の表示が、一瞬のうちに手品みたいに上下入れ替わったりする時計とか、からくりオルゴール付きとか、そういった何らかのテーマ性のある時計を、二回続けて発表する。その上で、アカデミー総会で、出席者全員の賛成を得なければ正会員にはなれない。アイデアが不足してもダメだ、アイデアを時計盤に載せる技術が足りないのもダメだ、設備投資などの資金もいる。世界中の芸術や、デザインに触れて養った感性もいる。どれもがそろった上で、集中力も熱意もセンスも必要だ。ジャンも俺も目指している山は、とても険しい」

二回と簡単に言うけれど、何かを生み出す人が、そんなに最高の物を連続して作るということは、どれほど大変なことなのだろう。漫画家だって歌手だって、好不調の波はある。ひとつだけは良くても、次はダメということは普通にあるだろう。

「工場で生産されている時計は普通、ＣＮＣ旋盤《せんばん》のようなコンピューター制御の機械を使う。でもジャンや俺が目指すところは、ネジ一本、歯車ひとつから手で削るという完全マニュファクチュールだ。もちろん工具は使うけれど、時計の全部品を手作業で仕上げる。そうなると、年一本とか二本くらいしか作れないから、必然的に高価になる。もちろん精巧に作られている部品、たとえばムーブメントとかを他から購入して、それ以外の部分に新たな仕掛けを組む人もいる。どこまでこだわるかは、その時計師の自由だから。でも俺たちはこだわりたい」

「ネジって。そんなものも作れるの」

「こうやって細い棒を持つだろ……」と、言って、アキオが手振りをする。細い鉄の棒に、細くネジ山を切っていくらしい。「一本に三時間とか、普通にかかる」

そのネジを何百も使って、あのトゥールビヨンのような、精巧で複雑な時計を組み上げるのかと思うと、気が遠くなる。

「文字盤をメレダイヤで埋め尽くすときも、立爪《たてづめ》やボンドは使わないで、溝を掘ってダイヤをはめ込んだりもする。それまで順調に進んでいたとしても、たとえばダイヤの最後のひとつを仕上げようというとき、一瞬でも集中力が途切れたらもう、おしまいだ」

「おしまいだ、ってどうするの」

「頭を冷やしてやり直し。そういう世界なんだ」

一年に一本とか二本しか完成しないような世界なのに、ほんの小さなミスですべてがダメになるなんて。普通の神経じゃとても無理だな、と藤子は思う。考えただけで気がおかしくなりそうだ。

「日本人でも、和時計の仕組みを腕時計に取り入れた斬新《ざんしん》な時計でアカデミー入りを果たした人がいる。わずか三十歳のときだ」

三十歳なんて、と藤子は自分の年齢を思う。こんな日々を過ごしているうちに、すぐに来てしまうだろう。

ジャンが、こちらにやってきた。まだ早いけれど、そろそろお腹《なか》でもすいたのかな、と思う。今日はかたまり肉をアキオに頼んで荒く刻んでもらって、ハンバーグにしようと思っていた。

「トーコ、お願いがあります」

夕焼け空がだんだん暗くなっていく。

「僕は、お父さんの時計が見たいです」

ジャンは、じっとこちらを見ている。あの、窓の隅でほこりまみれになっている四角い時計のことだろうか。

断ろうと思った。断りの言葉が喉《のど》につっかえる。

「父はね」

ジャンとアキオは、話の続きを、辛抱強く待っている。どう言おうか、考えがまとまらない。

しばらく黙っていると、鳥の群れが、綺麗《きれい》なVの字を描いて飛んでいくのが見えた。そのVが遠くなっていく。

「父は」ひとつ言葉が出てきたら、今まで、とても長い時間、自分の中で沈殿し続けていた泥みたいな言葉たちが、一気にあふれ出してきた。

「うちの父はね、ジャンのお父さんのように素晴らしい人ではないの。時計屋を継いでも、ほとんど仕事もせず工房借りて離れて暮らして、昼間は寝て母や従業員に任せきりで、夜はわけのわからない時計ばっかりいじってた。休みの日にどこかに連れて行ってくれた覚えもない、参観や運動会にだって一度だって来てくれなかった。いつでも時計時計で、わたし、時計なんてこの世から、ひとつ残らずなくなってしまえばいいのにってずっと思ってた。酒を飲むようになって、手も震えて思うように動かなくなって、でも酒はやめられなくて、周りの人に迷惑をかけまくって死んだ最低の父なの。死んでくれてよかった、せいせいしてる」

言いながら、怖くもあった。

あんなに父が一生をかけて作っていたであろう物が、ただのがらくただったなら――。

ジャンが静かにこちらを見つめている。

「怖いですか」

「僕たちが時計を見ることが、怖いですか」

ジャンに言われてみて、自分ではこれ以上ないほどの失望の底にあると思っていた父への感情は、まだ底ではないことに気付く。

まだ、落ちることが怖いと思えるほど気持ちが残っていたなんて。

そんな自分に、自分自身がいちばん驚いていた。

もしも、なんとも思ってなかったら、はい、いつでもどうぞ、見て見てと言えたはずだ。ガラクタだろうと何だろうと、なんだこれ、と嗤《わら》って済ませられたはずだ。

「藤子。いやならいい。そっとしておく。でも一介の時計職人として俺も一言いわせてくれ。あの機構は——十刻良則《よしのり》氏の考え出した機構はすばらしいものだった。もしも構想の通りに完成していれば、きっと世界中の目にとまったはずだ。今頃《いまごろ》は、お父さんの名を冠したブランドだってできていたかもしれない」

藤子は息を止めた。

「……なんでアキオが知ってるの。父のことを」

アキオは、まあまあ、となだめるような手つきをした。

「なんで」

「これは俺の父の話でもある。まあ聞いてくれ」

アキオは、屋上の床にあぐらをかいた。藤子も、ジャンもそれに倣《なら》って、床に腰を下ろして、膝を抱えた。

「スイスの時計学校に入学する日本人は少ないながらいる。そこで時計に関する技術を学ぶんだ。卒業時には優秀であれば、時計会社から声がかかる。でも、日本人で優秀な成績で、なおかつ、時計会社のほうからもぜひ来て欲しいということになっていても、国の許可がおりないことがある。移民に対しては基本的に、とても厳しい国だ」

アキオは、しばらく黙った。

「あと、時計に限らず職人の世界は、ギルドってわかるか。職業別の組合のような考え方がまだ根強くあって、職人は職人としてのプライドを高く持っている。スイスになんのゆかりもない、よそ者の東洋人が、さあ技術を教えてくださいね、よろしくって言って職人の世界に入っていくのは、とても難しいんだ」

アキオは大きな手を開いて、手のひらを裏表じっと見つめた。

「俺の父は時計学校をまずまずの成績で卒業した。運良く、時計会社からも声がかかった。でも国の許可は下りなかった。どうしてもスイスに残りたかった父はどうしたか。即、結婚したんだ。スタンドで働いていた、貧しいイタリア系スイス人の母に話を持ちかけて」

在留許可のために結婚まで。と藤子は思う。なんとしてでもスイスで時計を、という執念を思う。

「母は、ふたりの子を産んだ。俺と、弟だ。でもふたり産んだところで、母はすべてが嫌になったのだろう。国際結婚に限らずだけれど、結婚するときは真に愛し合ってても、うまくいかなくなるときはうまくいかなくなるものだ。そこに愛がなければなおさらだ。母は俺たち家族を捨ててどこかへ消えた。付き合っていた男がいたかどうかは知らない」

アキオは、あまり感情を込めず、淡々と言う。

「親父《おやじ》はどうしたかというと、まだ小さい俺らを日本のおばあちゃんに任せた。まあ、だからいまだに俺はおばあちゃんには弱い。親父は、日本にはほとんど帰ってこなかったし電話もよこさなかった。ばあちゃんが死んだときに、一度だけ戻ってきた。俺が十四、弟が十三のときだ」

意外に、アキオも苦労して育ったのだなと思った。のびのびとした言動からは全くわからなかったけれど。

「で、葬式の後、お前らはどうするかって言われて迷った。親父はよく知らねえおじさんだし、でもここでふたりきりで生きてはいけないなと思った。だからスイスに渡った」

アキオは少し黙って、その頃のことを思い出しているようだった。

「ま、そういうわけだ。それから俺は語学学校に通ってから時計学校へ。最初は何もかもがちんぷんかんぷんで困った。フランス語の発音が悪いと、馬鹿にされたり、ひどくからかわれたりするんだ。俺は見た目、日本の血が濃いから、目じりを手でこうやってつり上げる仕草をされたりな。まあ、ぶん殴ったらおとなしくなったけど」

「今はドイツ語もフランス語もじょうず」

ジャンが言うと、アキオがちょっと照れた。

「女の人もじょうずにさそいます」

「いらないことを言うんじゃない」と、アキオが笑って止める。

「外国では日本人同士のつながりは強くなる。やっぱり日本語が恋しくなるときもあるじゃないか。きまった酒場に溜《た》まったりして。俺は久しぶりに親父に連絡を取って、聞いてみた」

藤子はアキオをまっすぐに見つめた。

「〝十刻〟姓の日本人を知っているかと」

心拍数が上がる。

「直接には知らないけれど、名前は聞いたことがあるという。つてを辿《たど》って調べると、十刻氏は、スイスに滞在していたことがあると。しかも時計学校にいた。珍しい名前なのは幸いだった」

藤子は、ただ瞬きをくりかえしていた。

「日本に戻ったのは、今から二十五年前。時計学校を卒業してからすぐのことだ」

「もういい」

膝が震える。

どうして誰も、母も祖母も知っていてそれを教えてくれなかったのか。きっと知ってはいけない話だからだ。

父が日本に帰ってきたきっかけは――

心あたりがある。

わたしだ。

わたしが生まれたことだ。

どれだけスイスに残りたかったろう。父を時計にあそこまで病的にのめり込ませてしまったのは自分のせいではなかったか。時計への未練が、父のすべてを歪ませたのか。

「わたしのせいだ。わたしなんかが生まれなかったらお父さんは時計をスイスで」

「違う」

「でもそうでしょ、わたしが生まれると同時に日本に戻ってる、お父さんの将来をねじ曲げてしまったのはわたしなんだ」

「まあ聞け。十刻氏の事を覚えていた人を探してみた。当時の学校関係者を辿ったんだ。お母さんが、スイスに少し滞在していたことも覚えていた」

「でもわたしが」

「藤子！　聞けって」

　アキオはまっすぐにこちらを見ている。

「そうしたら、〝俺もとうとう父親か……実家の店を継いでしっかりしなければ……〟と言っていたらしい。生まれてくる子の名前は、好きでよくモチーフにも使っていた藤を」

「嘘《うそ》だ！　そんなはずない！」

「藤子よく聞いてくれ。あの時計は、中に藤のからくりがあるはずなんだ、その名も〝時の藤《ラ・グリシーヌ・ドウ・タン》〟。十刻氏は宣言していた。藤の花をモチーフにした、世界一の複雑時計を必ず作ってみせると」

　すわりこむ藤子の背中を、ジャンがそっとさする。

息を整えた。

「すべてはあの時計の中にある。俺たちならその謎《なぞ》が解ける」

父の物はすべて処分したと思っていたけれども、ひとつだけ段ボールが残っていた。それは父の残したノート類をすべて詰め込んだものだった。父の、何十年にもわたる執念がそこに込められているような気がして、どうしてもそれだけは捨てられなかったのだ。

藤子はその箱を引き出した。埃《ほこり》が舞って咳《せ》き込《こ》む。

「父のノート」

アキオたちが番号順にノートを手に取る。最初の頃のきっちりした図や字がだんだん乱れていくのが、少しずつ壊れていく父の精神状態を生々しく表しているようで、藤子は目を逸《そ》らした。

アキオが一冊のノートに目を止める。点と線が見える。どこかで見覚えのある形だった。

「北斗七星？」

藤子がつぶやいた。何のためかは知らないが、いろいろな星座をメモしていたようだ。複雑な計算式も見える。

「藤子、ここを」と言って、アキオが一冊のノートを指さす。「これはフランス語だ。日にちは――」少し計算して、「藤子が五歳の頃になるか」と言う。

五歳というと、表の時計も止めて、家族を置いて離れた工房に住みだして、本格的におかしくなりはじめてきた頃だ。「このノートから急に、フランス語の記述が増えてくる。あと、フランス語の箇所には二種類の筆跡がある。藤子、当時、店に出入りしたフランス人がいたか」

そんな人を見たことがない。店の方にもいなかったはずだ。そんな人の話は母にも一言も聞いたことがなかった。

「ひとりは、筆跡や言葉遣いからして、フランス語の母国語話者《ネイティブ》で間違いない。ただ……言葉遣いからして、ずいぶん年配の人であるようにも思える」

ジャンも読んで、言葉遣いからわかるのか、「おじいさん」とつぶやいた。

「あともうひとり、フランス語でメモを取っているのは、お父さんで間違いないだろう。機構に関係する、いろいろなメモが見える。スイスはドイツ語圏だったりフランス語圏だったりして言葉はバラバラだけど、時計学校の中の共通語はフランス語だった。だからお父さんもフランス語はある程度できるはずなんだ。どんなことが書いてあるかというと」

アキオが読み上げる。

（先生）

（教えてください）

（もっと知りたいです）

「たぶん、フランス人の師に、時計について教わっていたはずだ。筆談をしていたのかもしれない」

フランス人の先生の話なんて、一度も聞いたことがない。フランス語ができることすら初めて聞いた。

アキオが手早くめくりながらノートに目を通す。ノートの上に指を滑らせて、ちょっと止まった。

「なんだこれは……」

（白い部屋）

（白い部屋からは出てはならない）

（白い部屋の外には）

（荒涼とした死の大地が）

いきなり妙な言葉が出てきた。

「何、白い部屋って……父はアルコールで頭がおかしくなっていたんだと思う」

「でも藤子、ひとりここに、フランス人がいたことは確かだ。機構の図も、明らかにふたりの人間が描いているから」

ぱらぱらとめくっていく。

（恐ろしい……こんなことが許されるのかどうか）

（右手と左手は迷いなく、右足は裏切ろうとしている。それを左足は許さない）

（頭の指示をまつ）

「これは何なの。父はもう、この頃本当におかしくなって、アルコールで夢を見ていたんだと思う」

アキオが読み上げる。

（白い部屋からは逃れられない）

（それまでに学びを）

（どうか）

（わたしのラ・グリシーヌ・ドゥ・タンを……）

何冊もあるノートをめくっていく。

「だんだん支離滅裂になっていく。意味の通らない文が多い」

（もう感づかれたか）

（知られたら終わりだ）

（白い部屋からは逃げられない）

白い部屋・死の大地・逃げられないなどの物騒なキーワードに、フランス語で書かれたメモ。

アルコールが見せた幻覚かもしれないが、父の身近に、誰かフランス人がいたということだけは確からしい。

　誰なんだろう。

　父は、わたし名義の通帳を持って消えた後、遺体となり海で発見された。

　父の周りで、一体何が起きていたのか——。

　ひらり。と何かがページとページの間から出てきた。

　一枚の、ポラロイド写真だ。

　見慣れない工房が写っている。

「これは、日本じゃないです」

　ジャンが言った。「窓が、三つつながります。中も」

　窓の外は、景色が見えないのが妙だと思った。打ちっぱなしの壁があり、光は入るものの、外は見えない。

「おかしいな。俺もこの写真は、窓や工房の雰囲気も含めて、スイスの工房だと思う。光をたくさん取り込むために、伝統的な工房はこんな風な大きな窓をしている。でも、普通、もっと窓の外は見晴らしが良いものなんだ。広がる森とかを見て、疲れた目を休めるために。あと、ここにカレンダーがある」

　ジャンが、虫眼鏡のようなキズミを出して覗いた。アキオも、じっくり写真の細部まで見る。

「藤子。お父さんは帰国してから、またスイスに行っていたのか」

そんな話は聞いていなかった。藤子も覗かせてもらったら、日付からはちょうど七歳頃のことだとわかる。スイスに行くのなら、旅費だけでもかなりかかる。母や家族に知らせずにひとりで行けるはずは無いと思う。

「このノート、俺たちが持っていても構わないか。ちょっといろいろ、メモ書きの機構についても、細かく調べてみたいことがあって」

「うん」

ジャンたちの部屋に戻ると、ふたりがリビングにあった大きな机を隅《すみ》に片付け始めた。ふたりとも自分の部屋から、作業台を出してきて、背を付けるようにして中央に置いた。よく見るとその作業台は特注のようで、高さが違う。手がぴったりの位置に来るよう、椅《い》子《す》も作業台の高さも細かく調整してあるようだった。

その上にふたりとも自分の工具を置いた。真ん中に埃だらけの時計を置くことになった。

ジャンもアキオも、白い上っ張りを着た。帽子もかぶる。

まず最初に時計の表面をぬぐって綺麗にした。虫眼鏡のようなものを額につける。

藤子が指を広げてようやく持つことができる、巨大な金属のサイコロみたいなそれは、シンプルな時計の文字盤が一カ所だけについていた。内部には、ぎっしり何かがつめられているような重みがある。何か仕掛けがあるような気はしていたけれど、藤子が開けようと思っても、何かの部品が固く締まり、開けることもできなかったのだ。

アキオが、その時計を愛《いと》おしむように指で触れた。

「俺はアンティーク時計の修復を専門としている。任せておけ」

アキオが、職人の顔つきになる。

「お父さんの時計。僕とアキが、しっかり、開けます」

ジャンの目も、すっと据《す》わった。

そのまま分解は夜中まで続いた。

いつしかリクライニングチェアでうとうとしてしまった藤子は、はっとして目を開けた。時計は二時を回ろうとしている深夜でも、まだふたりとも分解作業に没頭している。

気がついたアキオが、声を掛けてきた。

「大丈夫だ、藤子は下で寝てていい。俺たちに任せておけ」

「でも」

「俺たちは、世界に冠たる――おっと、所属は名乗っちゃいけないんだった、まあいい、俺たちふたりが組めば怖いものなしだ。だろ？　ジャン」

外国語で訳したようだった。ジャンが何かをつぶやいた。

「ジャンは、なんと言ったの」

「〝十刻氏の、時の藤《ラ・グリシーヌ・ドゥ・タン》を完全に修復することをここに誓う。先祖脈々と受け継がれてきたこの血にかけて――〟と」

それからはほとんどふたりは外出せず、食事の他はこもって部屋で作業をしているようだった。アキオは、毎朝欠かしたことのない屋上でのトレーニングさえやっていないようだった。完成した姿を藤子に見せたいと言って、途中経過は見せてもらえなかった。

しかしながら、進捗《しんちょく》は滞《とどこお》りがちなようだった。もう完成していたところは、ある程度めどがついたようだが、未完の部分は、残されたノートの手がかりを探ってつなげていくしかないらしい。

ふたりとも昼は昼で、あまり食べないこともあるようだった。集中を途切れさせるのも怖いのだけど、あまりになにも食べないでぶっ続けで作業しているのも、明らかに身体《からだ》に悪そうだ。お昼どき、気になって控えめにノックしてみると、アキオが出てきた。玄関から男臭《おとこくさ》い。中が見えないようにか、アキオは少しだけドアを開けている。

「なにその髭《ひげ》」

無精髭《ぶしょうひげ》がすごいことになっている。

「髭もよく似合うんだよな、俺」と顎《あご》をさわりながら自分で言っている。「俺はいま、中の機構を見て感動している。藤子に話したくて仕方が無い――」と言うと、中から「アキ！」という声が聞こえた。「わかったわかった。完成まで秘密だ」

「あまり無理しなくていいからね。ほどほどにね」と言う。「ジャンもね」と奥に聞こえるように言うと、「はい」と聞こえた。

その夜、ジャンとアキオ、ふたりとも険悪なままコロッケを食べる。食卓は妙に緊迫していた。

「ジャンどうしたの」

と言っても、ちょっと表情を緩めるものの、また渋い顔に戻った。

「アキオも……ちょっと」

アキオも、コロッケをむしゃむしゃと頬張《ほおば》りながら、ジャンを冷たく睨《にら》んでいる。

「いや、すまん。ジャンと未完成の仕掛けについて意見が割れていてな。俺が思ってるのと、全く違うやり方をジャンは推す。ちなみに俺の方が正解に決まってる。俺はジャンよりも時計修復にかけては知識と経験があるからな」

だん、とジャンがテーブルを叩《たた》いた。

何かを早口でしゃべっている。母国語になると、ものすごく早口になるので目が回りそうだ。それに「へええ」「ふううん」とアキオが嫌みな合いの手を入れている。

「休んでいる間に、鈍ったんじゃないですかねえ、王子」と言ってそれを訳すと、ジャンが立ち上がりかけた。

「まあまあ、ふたりとも。ご飯食べて。コロッケ冷めちゃう」

「トーコごめんなさい。でも、アキが間違う」

「間違っていませんー」

「うるさい、もうわたしが全部食べるからね！」とコロッケの大皿を自分の方に引き寄せると、アキオが「ああ、ごめん藤子」と言い「一時休戦だ」とつぶやいて、外国語で何か言った。

ジャンがコロッケを頬張った。「おいしい」「コロッケおいしい」


時計が完成したと聞いたのは、ジャンとアキオが出発しなければならない、ほんの数日前のことだった。たぶんふたりは出発までに完成させようとかなり無理したのに違いなく、見た目でもわかるくらいにふたりとも頬がこけていた。

あとで、部屋に来て欲しいということだった。

なんだか理由もなく緊張してくる。見せられたものが、ただの微妙なしろものでも、ふたりのこれだけの頑張りを讃《たた》えて、わあすごい、と驚いてみせなければならないのだろう。自分の気持ちに嘘をついて、そんな風に驚けるだろうか。うまく演じきることができるだろうか。父への怒りがわき上がって、ジャンやアキオを悲しませたりしないように。それだけは。

正直、半分逃げ出したくもあった。

人の心が時計であるならば、自分の時計は、あの日、部品ひとつひとつにばらけてしまったように思う。それからずっと動きを止めたままでいる。

父が作っていたものが何であろうと、今日、しっかりとこの目で見届ける。

扉を開けるとジャンがいて、後ろにはすっかり髭を剃《そ》ってきれいになったアキオもいる。

立方体の時計は、この前と同じ姿で、机の上にあった。ただの四角で、文字盤がある、なんの変哲も無い形だ。

ありがとう、と言わなくちゃ。

本当にきれいになった、って。嬉しいって。

どんな顔をしていいかわからず、藤子はただ立ち尽くす。

アキオが、時計の正面にある椅子を引いてくれたので、腰を落とした。

「まあ、座れよ、藤子」

「トーコ。見て」

ジャンが、そう言って、時計の一部に手をかけて何かを操作した。今まで裏面とばかり思っていた板が、複雑なパズルのような開き方で開いた。

箱の中は、奥行きがあった。藤子はいつか見た人形劇を思いだしていた。中にあったのは、一本の樹《き》だ。

それは満開の藤棚《ふじだな》だった。一番奥の背景は、金屏風《きんびょうぶ》のように鈍い金色をなしている。その藤の樹は、天蓋《てんがい》からびっしりと極小の藤の花を垂らし、薄紫の霧がけむるように広がっている。幹の根元に、根が時計を抱いているような形で文字盤が見える。藤は、金屏風の前で静かに息づいているようだった。

この箱の中だけを見ていると、自分の縮尺の方が間違っているのではないかと思うほどに、藤は精巧だった。よく見れば、無限にあるようなこの小さな藤の花、ひと房ひと房を何かの細工で再現して、吊《つ》るしてあるのだった。手前と奥とでは大きさも変えてある。

「永久カレンダー、ムーンフェイズ、時計としての複雑機構は三十二を超える。でもそれだけではない。藤子は、伊藤若冲《いとうじやくちゅう》の〝樹花鳥獣図屏風《じゅかちょうじゅうずびょうぶ》〟を知っているか」

表情をみて、さっぱりだとわかったらしい。

「若冲の〝樹花鳥獣図屏風〟は、升目描《ますめが》きという手法で描かれている。まず地の部分を方眼紙みたいに四角で埋めて、その上に象や鳳凰《ほうおう》を描いてある。まあ、能書きより見た方が早いな。まず、時間を進めるぞ。よく見て」

あっ。

藤子は息を吞《の》んだ。

一枚かと思われた金の背景だったが、それはひとつひとつ、ほんの小さな四角いますで構成されていたのだった。背景の屏風の部分の金のますが、右上のますから次々と回転していき、その回転をさざ波のように連鎖させながら、全体の色をゆっくりと変化させていく。さんさんとふりそそぐ日の光の色から、だんだんと赤みがかった夕方の光、そして夜の漆黒《しっこく》へ。藤だけは変わらず、みごとな花房を垂らしている。

「まず時計表示だ。この時計表示によって背景の色が少しずつ変わる。そしてそれは夏と冬との日の長さの違いにも対応している。夜になると、新たな仕掛けが作動する」

　ふと見れば、黒の中に、白のますが点のように散っている。この形には見覚えがあった。どこかで見た形だ。

「そう、これは、ノートにもあったさそり座。十二宮の星座が、季節に合わせて変化していくのも確認済みだ」アキオがジャンに目配せした。

　ジャンが、時間を操作していく。

「そして一日に一度、正時のみ」

　今度は、風鈴の音のように清涼感のある音と共に、背景のます目がひとつひとつ逆回転していく。ます目は、扇が閉じるみたいにして完全に畳《たた》まれた。そうなると、背景全体が障子《しょうじ》の骨みたいな格子《こうし》になり、中の複雑機構が完全に露《あら》わになる。内部の漆黒を背景に、黄金の歯車や部品がぎっしりとつまりながら、ひとつひとつが組み合わさり、息づいているようにうごめいているのがわかる。

「これは、今、意識しないで流れゆく時間を、内部機構を見せることによって、見る者すべてに考えさせるというコンセプトなんだと思う」

ジャンがまた操作して、今度はどんどん日付表示を進める。季節を変えていく。

「よく見て、今から冬になるぞ」

ひらひらと上から何かが降ってきて、藤子は目を疑った。

「雪だ……」

ますを白で、上から連続で回転させることで、アニメーションのように、上から下へ、降りしきる雪を表現しているのだった。

「背景のます目の変化パターンは、星、月、太陽などの天体の情報と、時間、暦《こよみ》の変化を受けて自在に変わる。今見た景色は、厳密に言うともう、この時計の上では起こらない。今日という日がもう二度と来ないように」

アキオは、静かに言った。

「十刻氏はここに、命と時を表現しようとしたんだ」

しばらく、誰も何も言えず、父の時計を見つめていた。眺めていると引き込まれ、今、この世には時計と自分しかいないという気さえする。そんな眺めだった。

「昔の時計を開けてみると、時計職人だけにしか見えない場所にも、綺麗な意匠を凝《こ》らしていることがある。それは、時計職人だけにしか知り得ない景色なんだ。その時計を作った十八世紀の時計職人と、現代の時計職人の俺が、時を超えて対話している気分になる。〝十八世紀の俺はここまでやった。後の世代の君はどうだい〟って。自分で作った時計が開けられるのは、俺が死んだずっと後の世代なのかもしれないと思うと、下手な物は作れないと気が引き締まる」

アキオが、父の時計にそっと触れた。

「時計職人の俺が言う。お父さんの仕事は、未来の職人にもその技術を誇れる、立派な仕事だった」

藤子は、作品に圧倒される一方で、複雑な思いでいた。

何もかもを犠牲にしてまで、やりこまなければできないようなことが、芸術の世界にはあるのだと思う。

でもそれなら。

不要だと捨てられた、自分の思いはいったいどこへ持っていけばいいのか。

「なあ藤子。俺も自分の父親には言いたいことがたくさんある。だからと言って、藤子の気持ちがわかるとか、そういうことを言いたいんじゃない。家族の問題は、その家族にしか、実際のところはわからない。だから藤子は、いままでと同じで、何も変わらなくて良い。お父さんが憎いなら、そのままでいい。藤子には親を憎む権利がある」そう言うと、アキオは少し黙った。

「俺も、時計の世界で親父に勝ってみせる」

アキオは自分の指先をじっと見つめる。

「でも、俺がこの時計の修復をして、ひとつだけわかったのは、お父さんは死に物狂いでこの時計に取り組んで、そして道半ばで亡くなったということだ。創作の道は険しい。自分の人生をかけて、何万時間も取り組んで、持てる能力のすべてを費やして作っている物が、ただのクソなのか、はたまた世界をあっと驚かせる作品になりうるかは、完成するまで誰にもわからない。苦労してやっと造り上げた物が、自分が見て大傑作だとしても、〝へえすごいけど、だから何？〟っていうやっかいな代物かもしれない。それが商業的に、どうジャッジされるかはわからない」

「作ることは、楽しいです。でも、とてもこわいです」

ジャンもつぶやいた。

「会社の一員としての製品じゃなくて、自分の名をつけた時計を造ることは、ある意味、とても怖いことなんだ。いつ才能の限界がくるかもわからないし、技術の限界がくるかもしれない。それまでは絶好調でも、五十代になると、一年に作れる時計の数が、がくっと落ちたりもする。集中力は年齢と共に鈍るんだ。刃《やいば》の上を何年も渡り続けているようなものだ。ひとたび気を抜けば、自分の名前ごとまっさかさまに落ちる。そんな日々を過ごすうちに、何かに魅入《みい》られる――ということもありうるのだと思う」

「魅入られる、って。何に」

「それはわからない。人によって違う。知ってる時計職人の中でも、ある人はアイデアの枯渇に怯《おび》えてドラッグに溺《おぼ》れた。ある人は突然、車を暴走させて、崖に突っ込み、自ら死を選んだ。ありとあらゆる人間関係をめちゃくちゃにして、人を傷つけながら生きる人もいる。発作的に金を使いすぎて破産する人も見てきた。太陽に近づこうとしたイカロスみたいに、創作の高みに近づけば近づくほど、危険は大きくなる」

父の見た景色はどんなだったろう。

父は、高く飛びすぎたのだろうか。

「でも、そんな中で、自分に勝った人間のみが行ける高みがある」

ゼンマイが香箱《こうばこ》を動かし、歯車を動かし、そのまた隣の歯車を動かして、その動きはどんどん伝わっていく。時計職人が、自分の命を削るみたいにして生み出した時計は、機械でありながら、命を持ったように動き始める。それはそれは美しい姿で。

「ねえ、アキオもジャンも、そんなに大変なのにやりたいの。自分の時計を造りたいの」

ふたりとも、当然のようにうなずいた。

「そうまでして時計が好きなんだなあ……どいつもこいつもまったく……頭おかしいんじゃないの……」

藤子は笑った。笑いながらなんだか景色がにじんできて困った。

「時計にはロマンがあるからな」

「時計はうつくしい機械ですから」

精巧機械の藤は、金屏風を背景に、静かに息づいているようだった。

妹の桜子の家へ、桜子の好きなおはぎをたくさん買って持って行った。桜子は新築マンションの三階に住んでいる。結婚すぐの頃はシンプルで綺麗なマンションだったのに、いまでは至る所にキャラクターのシールがでかでかと張られていて、人は変わるものだなあと思う。桜子は高校卒業後、働き出した会社の先輩と結ばれ、三つ子を身ごもった。子供服も、おしゃぶりもおもちゃも、足りるようにぜんぶ三個あるので、部屋がぎっしりしている。

母も孫三人はとても可愛いらしく、お世話という生きがいができたのか、ちょっと若くなったような気がする。慣れた手つきでミルクをやったりおしめを替えたり、桜子もすっかりお母さんの顔になっていた。

「お姉ちゃん、店、うまくできてるの」

「そりゃもう」

「なんかさ、あのビルに、タイプの違うイケメンがふたり来たって、それはそれは評判らしいじゃない。あのへんに住んでる同級生の女の子、みんな店を見に行ったって。ねえ、写真ないの」と聞かれる。そんなに評判になっていたとは。まあアキオはでかいしジャンは王子だし、ふたり並ぶと目立つは目立つよなあ、と思う。

母が両腕にひとりずつ赤ちゃんを抱っこして揺らし、桜子もひとり抱いてぽんぽんたたいている。すると赤ちゃんが大きなゲップをした。ひとり抱かせてもらうと、まだやわらかくてふにゃふにゃしていた頃と比べて、少し首も据わってしっかりしたなあと思う。頭からミルクの匂《にお》いがする。

赤ちゃんたちが、上手《うま》い具合にころころと寝だしたので、寝かしたところからそっと手を抜いて、やっと大人たちのおはぎタイムとなった。

「桜子もすっかりお母さんだなあ」

「お姉ちゃんは、そのふたりのうち、どちらかと付き合ったりとかはしないの」と言うので、「ひとりはまだ十七だよ十七。十代だよ、日本だと高校生だよ？　なんとか条例で捕まっちゃう。それにもうひとりは蘊蓄《うんちく》が長い。ふたりとも、もう帰っちゃうし」と言うと、「なんだ、そうか」と残念そうに言う。

ひとしきりおはぎを食べ終えて、お腹が膨れた。藤子が、なにげなく口を開く。

「あのさ。お父さんの――」

最後に二個残っているおはぎを取ろうとした桜子の手に、さっと緊張が走ったのがわかる。母もこちらをちらりと見た。そのまま、微妙な沈黙が続く。

「お父さんの、お墓のことなんだけど」

初めて父親の墓参りに、と言いだしたので、母も桜子も驚いたようだった。いままで、父の話題はタブーのようになっていて、藤子の前では一切触れられなかったから。

「藤子姉ちゃん……」

「いや、別に。父さんのことは許してない。ぜんぜん許してない。今でもしっかり恨み骨髄に恨んでる。でもまあ、墓参りくらいは、行ってやっても良いかなと」

「藤子、何があったの」

母も言う。

「何もないよ。ただ、父さんも父さんで、いろいろあったんだなあと思って」

藤子のイメージの中に、ふと、Sの飾り字のように巻かれたゼンマイが降ってきた。歯車やネジも雨のようにつぎつぎに降ってきて、少しずつ、機械式時計の形に組み合わさっていく。

より正確に、より美しく。ほんの少しでも技術の極みに近づこうと、時計職人は机の上、極小の、それでいて偉大な闘いを繰り広げてきた。

父は、その系譜には名を残せなかったけれど。あとにはひとつの時計が残された。

「恨み言ひとつぐらいは、言っておきたいじゃない」

──あの時計、完成したよ。綺麗な藤の時計。毎日、時計の中に昼が来て夜が来て。一日一日を過ごしているよ──

母も、桜子も、父のことを思い出しているようだった。

赤ちゃんは、三人並んで全員ばんざいのように手を上げ、すやすやと寝息を立てている。

最後のおはぎを食べ終えると、藤子は、テーブルの上を丁寧に台ふきんで拭《ふ》いた。「ちょっと待ってて」と言って、部屋の外へ行く。

今日、藤子は、アキオから借りたスーツケースを曳《ひ》いてここまでやって来たのだった。中から、厳重にパッキングされた時計を取り出した。

何重にもなったその包みを、白手袋をつけた手で、そっとテーブルの上に広げていく。

「これ、もしかして……」桜子がつぶやいた。「お父さんの時計？」

母と桜子を、時計の正面に座らせる。

「いい。よく見ててね」そう言うと、藤子は時計を操作して、中を開けてみせる。最後の仕掛けが外れて、扉が開いて中が露わになった瞬間、ふたりとも、もう何も言えず、魂をとられた人みたいになって、ただ、時計を見つめていた。

藤子が操作すると、藤の背景はゆっくりと変化していく。

「お父さんはね、スイスにいた頃から、ずっとこの時計の完成を夢見ていたの。手のひらの中に、小さな藤の宇宙を作るんだって言ってね。あまりにその夢が綺麗すぎたから、人間には綺麗すぎたから――もう、この時計の中から戻ってこれなくなっちゃったのかもしれないね」

時計から目を離さないままで、母がつぶやいた。

父はもう、この世のどこにもいない。

この藤の小さな宇宙は、無限の広がりをみせていて、父はその中でいまも、時計を作り続けているのかもしれない。永遠に。

それは父にとって地獄なのか、天国なのか。藤子にはわからない。

でも、いつしか藤子も、父の目指した遥かな高みを、少しでも知りたいと思うようになっていた。

「じゃあ、いい？　お母さん、桜子。まずはこの時計の説明から。この三十二を超える複雑機構と、使われている視覚トリックをひとつひとつ説明していくからね。見ててよ、まだまだ驚くのは早いんだから」

微《かす》かな時計の音がする。その音が、静かな部屋に響く。

ジャンとアキオを、空港まで見送りに行く。

今から海外旅行なのか、大学生くらいのグループが、大はしゃぎでお互いに写真を撮り合っている横を通り過ぎる。外国語を話す一団とすれ違うと、ふわっと香辛料みたいな匂いが漂った。

ジャンとアキオが、機内に積めるくらいの、小さめのアルミ製のスーツケースを曳いて、少し前を歩いている。おそろいみたいなかっちりしたシャツを着て、相変わらず、ふたりは背の高さも体格も、まったく似てはいないのだけれど、こうやって横に並んで歩いていると、やっぱり雰囲気がどことなく似ている。

おおげさなことにしたくないから、ということで、アキオ曰《いわ》く、帰りの便はごく普通のファーストクラスにしたらしいが、「ごく普通のファースト」というのも妙な言い回しだな、と思う。

手荷物検査場のゲートが遠くに見えてきた。

「トーコ」

ジャンが立ち止まった。

飛行機の到着を知らせる放送の声が響いている。カートを押して歩く清掃員が、視界を横切っていく。人の波は、緩やかにゲートへ向かっていく。

アキオがさりげなく退いた。

「トーコ」

「なに」

しばらくためらっていたジャンが、口を開いた。

「僕の初めての時計を、一番に、トーコに。受け、取りますか」

練習してきたのか、ジャンが緊張しながら言った。「受け取って、くれますか」

「いいよー」

「おい藤子、お前なあ、今のジャンの言葉、ものすごく意味が深い発言なんだぞ。わかるか、時計職人的に言うと、一世一代のアレだ。それをだな、そんなポテトチップスもらうみたいになあ……」と斜め後ろから声がして、ジャンが笑っている。

「まあ。ジャンはここ半年くらいのんびりしてたし、俺の方が先になるかもしれないけどな」と、アキオが言うなり、さっとジャンの顔色が変わった。何か早口で外国語で言っている。

「まあ。ジャンがやる気になってくれたようなら、なによりだ。兄ちゃんは嬉しいぞ」

そう言って、ふと、アキオが真面目《まじめ》な顔になった。

「藤子。ありがとうな。いろいろ。いろいろを含めてだ。この感謝を時計の機構にたとえると、そうだな――」と、アキオの蘊蓄がまた長々とはじまりそうなので「いい、大丈夫、アキオの感謝はもうすごく伝わった伝わった」と言った。

アキオが、革のメモパッドを取り出して、万年筆で走り書きした。最後に何か書き足す。

「大時計の調子が悪くなったらいつでも連絡しろ。時計が狂ってちゃ、時計屋の信用にかかわるからな、すぐに連絡しろ」

ちらっとこっちを見て、「まあ、そうじゃなくても連――」と言いかけて、ジャンに横からぐいぐい押されていた。

藤子には、わかっていた。

旅行先で、ガイドさんにぼーっとなるみたいな、旅先の甘い思い出だ。

いつかはこの気持ちも、アルバムの中の写真みたいに、ちょっと色あせたいい思い出になる。

ジャンは大人になったら、きっと、もっと立場にふさわしい人と出会って、本当の恋をする。

それまで。自分という存在が、ジャンの良き思い出となるように。

時計は動き続けている。ジャンが一歳年を取れば、自分も一歳年を取る。二歳年を取れば、自分も二歳年を取る。それはどんなに縮めようとしても縮まらない距離で。ジャンに初めての時計ができる頃には、きっとそれぞれが別々の道を歩んでいることだろう。

別々の道だとしても、いつかまたどこかで出会えたときに、胸を張って会えるように。

こうやって三人で会えるのは、もうこれで最後かもしれない――一緒に食べたたこ焼きや、オムライスを思い出す。それを誰もがわかっているのか、ふと、三人とも黙り込む。

「えーとさ、藤子の料理、次は何を食べたいかな」

沈黙を無理矢理破るみたいにして、アキオが言った。

「そうだね、次はね」笑おうとして、何も言えなくなった。

アキオが腕を広げて、それを邪魔するみたいにジャンも腕を広げて、なんだかわからなくなったので、三人で円陣を組むみたいな不思議なハグになった。

「なんだよう、俺たち今からフットボールでも始めるのかって」

「円陣って」

ひとしきり笑うと、アキオがふと真面目な顔になった。

「藤子。それじゃ。いろいろ世話になった。ありがとう」

「トーコ」

ジャンがちょっと泣きそうな声になるので、最後に見せる顔が泣き顔じゃダメだと思って、藤子はぐっと口の端《はし》に力を入れて笑ってみせた。

「またね」

ジャンはそう言って、何度も振り返り、手荷物検査場のゲートに消えていった。

手の中のメモを見てみると、電話番号とSNSのアドレスと、走り書きでさらさらと何かが書いてある。日本育ちなのだから、日本語で書けばいいものを、どうやらドイツ語らしい。アキオめ、最後までいろいろと面倒くさい男だ、と思う。

とりあえず解読できた部分をスマホの独和辞典に打ち込んだら、Schatz はどうやら「宝」という意味らしい。何が宝なんだろうとちょっと妙に思ったが、ありがとうアキオ、わたしも宝をたくさん持てるように店を頑張ろう。と藤子は思うのだった。

＊

大時計を巻いた後など、たまに三階に行って部屋の空気を入れ替えたりすることがある。がらんとした部屋は綺麗に清掃してあって、ひとつの痕跡《こんせき》も残ってはいなかった。空気がひやりとしている。

物がなくなってもやはり狭く、よくあのふたりがこの部屋に住んでいたなあと思う。ジャンが奥、アキオが手前の部屋を使っていて、真ん中にリビングルームがあり、そこで朝ご飯を食べていた。アキオが使った後は流しが毎回たいへんなことになっていて、洗い物を隣で手伝ったりした。アキオは身体《からだ》もごつい上に体温まで高いらしく、アキオが皿を拭く隣で、皿を洗っていると妙に暑くなり「暑苦しい……」とつぶやいたり。そこへジャンが「僕もやります」と来たりして、狭い狭いと笑い合ったりしたのだった。

定休日の月曜、十時からは千穂が家に来てくれることになっている。特訓のためだ。問題集のわからないところには付箋《ふせん》をつけて、後で聞こうと思っている。千穂はさすがに有名大で講師をしているだけあって、理系文系問わず強かった。教え方もさすがに上手く、もつれた糸みたいになっている疑問がするりと解けるのは気持ちが良い。

願書の締め切りはぎりぎりになったけれども、一念発起して、高等学校の卒業程度認定試験を受けることにした。科目は国語、地理歴史、公民、数学、理科、英語、選択科目も合わせて八科目。一応、高校三年の一学期までは受験勉強も真面目に頑張っていたから、まったくのゼロからのスタートではないけれど、勉強からはここ数年遠ざかっていたので、目が回りそうだ。

千穂のはりきりようはすごく、講義の空き時間も使って、ほとんど毎日まめに寄ってくれていた。

「いいの千穂さん、彼氏さんと会わないでわたしに勉強教えたりしていて。今、帰国してるんでしょ」と聞くと、ちょっと照れる。「いいの。藤子ちゃんに教えるの、わたしもなんだか嬉しいから」と言う。千穂はあいかわらず紺や黒の服ばかりなのだけれど、手首にはお守りであるセイコーの時計、そして、薬指には婚約指輪が増えた。派手なのはなんだか困るの、とさんざんお願いして、その石の大きさにしたらしいが、部屋中のありとあらゆる光を吸い取って、光の欠片《かけら》をちいさく固めたかのように輝いている。

「結婚式楽しみだなあ」

言いながらうーんと伸びをすると、また千穂が照れた。式は来年の四月、桜の一番綺麗なときに、ということだった。何を着ていこうかと思う。

開店前に、花時計に水をやる。ジャンがまめに季節ごとの花をイラストつきで描いてくれていたので、その通りに植え替えたりしている。ジャンの絵はさすがに上手く、ちょっとした植物図鑑みたいでもあった。水彩で色を少しだけ添えてあるのも、ポストカードみたいでなかなかに素敵だったので、額に入れて飾ったりしてみた。お客さんにも好評で、いつもここは花を綺麗にしてるわねえ、と褒《ほ》められたりする。これも時計のひとつなんですよ、と言うとびっくりされる。

八時十五分きっかりに大声で泣いていた、時報少女の環奈《かんな》は、まだやっぱり心細いのか、母親と登校しているけれど、休まずに店の前を通って学校に行っているようだった。母と子そろって手を振って、道を歩いて行く。

店にあった、微妙な趣味のアクセサリーの棚を全部整理して模様替えし、新コーナーを作った。母に頼んで新しく仕入れてもらった機械式時計たちだ。さすがにジャンが持っていたような、何百万とか何千万とかの時計ではなく、一万円台から、高くても十万円台の価格帯の時計だけれど、どのメーカーも、値段以上にとても美しく仕上げてあると藤子は思う。開発者も、もしかして、お客さんが初めて手にする機械式時計かもしれないと考えているのだろうか、さあ時計の世界にようこそと、屋敷の前で扉を開けて待ってくれているような雰囲気がする。自動巻きも手巻きも、見ているとそれぞれに味がある。

若いお客さんが、今はスマホがあるし、こういう機械式時計っていうのもどうなのかなあ、なんて言い出したら、希望価格帯のクォーツもしっかり勧めながら、さりげなくスケルトンになっている裏側も見せてみる。生き物のように息づく精密機構を見せると、おお、と皆、じっと見つめたりする。

「ゼンマイを巻くと、こうやって香箱の中で締まったようになるんです。それでゼンマイがほどけて歯車をひとつ押す、その歯車が隣の歯車を押す――」と、どこかで聞いたことのある蘊蓄をそのまま話すと、「へえ、そうなってるんだ。なんだか見ていると不思議ですよね……」と、じっと時計を見ながらお客さんも言う。

「わたしが言うのも何なんですけど、こうやって見てみると、時計って美しい機械ですよね。ロマンがあると思いますよ」

興味を持ってみると店番も面白く、自分がこれは良いと思って仕入れたものが、お客さんに売れていくと嬉しくなる。

買い込んだ時計雑誌を眺める。まだ買えるほどのお金は貯《た》まってないけれど、自分が買うんだったらどれがいいかなと、考えたりするのも楽しい。

奥にはケースを設置して、父の時計を飾った。何気なく入ってきた人が、びっくりして立ち止まったりしている。背景の色が変わるまで、じっと立ち尽くして見つめ続けている人もいた。これはおいくらですか、ぜひ売って欲しいんですが、と言われることもたびたびある。こちらの言い値で売ってくれと頼まれたこともあったけれど、「これはお売りすることができないんです。すみません」と断った。

——父と、ふたりの時計職人が生み出した時計ですから。

見れば、背景の金色がだんだんと夕焼けの色に変化していって、もう夕方なのだとわかる。

レジの横のスマホが震えた。

変な着信の表示は、アキオたちからだとわかる。スイスは今何時だろう、お昼前あたりかもしれない。

「どうだ藤子、表の大時計、せっせと巻いてるか」

「巻いてるよ、もう慣れた。あと、来月から、夜間は時計学校に通うことにした」

電話の先で、アキオが一瞬黙る。

「えっ、藤子も女性初の独立時計師を目指したいとか。俺らの商売敵になっちゃう感じ？いいよー、俺が準会員に推薦してあげるからさ」と、正会員になってもいないくせに大きな口を叩く。

「まさか。とりあえず、電池交換くらいは、まあ、できたらいいかなと。それから、自分で時計の仕入れとかもしてみたくなったし。ま、要するに、暇だから」

「えー、それ、やっぱり俺のために？」

「なんでアキオのためなんだよ」

アキオはあいかわらずの調子で笑う。

「大時計、狂ってるか」

「狂ってない。いまのところ」

「さすが、時計修復にかけては誰も右に出ることがないという俺が整備した時計だ。誤差がない」

急に電話が遠くなって、「僕も、直しました。僕も!」と聞こえる。ジャンの懐かしい声だ。

電話の先がなにやら騒がしい。

そのときちょうど、カーン、カーンと五時の鐘が鳴り始めた。

「おお。ほんとに時計、狂ってないな」

アキオが言い出す。

「中の無愛想な女はそのままだけどな」

と言うので、はっと顔を上げた。

「トーコ」

道を挟んで、よく見知ったふたりが並んで手をあげている。大きいのと、小さいのと。

「俺はホテルのスイートがいいんじゃないかと思うんだけどさ、この、きかん坊のわがまま王子が、トーコのたこ焼きが恋しいんだと。お嬢さん、部屋空いてる?　王子は死ぬほど頑張って、向こう一年分の課題を全部終わらせてきたらしいから、祝いのたこ焼きをよろしく。とりあえずまた半年」

どうやらまた忙しくなりそうだ。藤子はガラス扉を大きく開け放つ。

〈参考文献〉

「1秒って誰が決めるの?」安田正美(2014)ちくまプリマー新書　筑摩書房
「機械式時計【解体新書】歴史をひもとき機構を識る」本間誠二監修(2001)大泉書店
「腕時計一生もの」並木浩一(2002)光文社新書　光文社
「腕時計のこだわり」並木浩一(2011)SB新書　SBクリエイティブ
「100万円超えの高級時計を買う男ってバカなの?」マキヒロチ　広田雅将監修(2014)東京カレンダーMOOKS　東京カレンダー
「機械式時計大全」本間誠二監修(2013)誠文堂新光社
「腕時計の世紀」河村喜代子(2013)ワールドフォトプレス
「腕時計　雑学ノート」笠木恵司　並木浩一(2000)ダイヤモンド社
「和時計　江戸のハイテク技術」澤田平(1996)淡交社
「中世の時と暦」アルノ・ボルスト著　津山拓也訳(2010)八坂書房
「時計の科学」織田一朗(2017)ブルーバックス　講談社
「時間の図鑑」アダム・ハート゠デイヴィス　日暮雅通監訳(2012)悠書館
「図説からくり」立川昭二　七代目玉屋庄兵衛　種村季弘　青木国夫　高柳篤(2002)ふくろうの本　河出書房新社

謝辞

このたび、本作品を書くにあたりまして、セイコーミュージアム学芸員、神山めぐみ氏、カメラと機械式時計のコレクターである山縣敏憲氏、株式会社ステラ・ポラーレ（STELLA POLARE）代表取締役、西村沙織氏、ステラ・ポラーレ店長、中野篤氏に、多くの知識と示唆《しさ》をいただいたことを心より感謝いたします。

セイコーミュージアムは、世界各国の貴重な時計のコレクションの数々から、時と時計の歴史と文化を学ぶことができるというミュージアムです。一八八一年、服部金太郎氏創業の服部時計店から始まる、ＳＥＩＫＯの歩んできた輝かしい道のりを、日本の歴史とともに振り返ることができます。

本作品にも出てきたものと似たタイプの、塔時計の内部のしくみや、最初のクオーツ時計等に関する展示もあり、日時計から、だんだんと発展していく時計のありかたに、人類がいかに、時というものを摑《つか》みたいと考え、あくなき挑戦を続けて来たかということがわかります。学芸員の神山めぐみ氏には、ミュージアムの展示について詳しくご説明いただき、本作品にも、さまざまなアドバイスをいただけたことを心より感謝いたします。

セイコーミュージアム見学に当たっては予約が必要となります。
〒131－0032　東京都墨田区東向島3－9－7
https://museum.seiko.co.jp

株式会社ステラ・ポラーレは、独立時計師の希少な時計のみを扱う会社です。筆者も、独立時計師の手による最高傑作の数々を見て、実際に手で触れ、言い知れぬ感動を覚えました。西村沙織氏、中野篤氏、山縣敏憲氏に、独立時計師についての話はもちろん、機械式時計の名品に関するさまざまな話を伺えたことは、本作品の方向性を決定づける大きなきっかけとなりました。心から感謝申し上げます。

西村沙織氏、中野篤氏の計らいで、独立時計師であるルドヴィック・バルアー（Ludovic Ballouard）氏にも直接お会いしていろいろなお話を伺うことができ、創作の大きな助けとなりました。ここに御礼申し上げます。

本書はハルキ文庫の書き下ろし小説です。

ハルキ文庫

ひ9-1

機械式時計王子《きかいしきとけいおうじ》の休日《きゅうじつ》 千駄木《せんだぎ》お忍《しの》びライフ

著者 柊《ひいらぎ》サナカ

2019年1月18日第一刷発行

発行者 角川春樹

発行所 株式会社角川春樹事務所
〒102-0074 東京都千代田区九段南2-1-30 イタリア文化会館

電話 03(3263)5247(編集)
03(3263)5881(営業)

印刷・製本 中央精版印刷株式会社

フォーマット・デザイン 芦澤泰偉
表紙イラストレーション 門坂 流

ISBN978-4-7584-4227-5 C0193 ©2019 Sanaka Hiiragi Printed in Japan
http://www.kadokawaharuki.co.jp/[営業]
fanmail@kadokawaharuki.co.jp[編集] ご意見・ご感想をお寄せください。